dtv
premium

Thomas Gunzig

Der kleinste Zoo der Welt

Erzählungen

Aus dem Französischen
von Ina Kronenberger

Deutscher Taschenbuch Verlag

Von Thomas Gunzig
ist im Deutschen Taschenbuch Verlag erschienen:
Tod eines Zweisprachigen (24395)

FSC
Mix
Produktgruppe aus vorbildlich bewirtschafteten Wäldern und anderen kontrollierten Herkünften

Zert.-Nr. GFA-COC-1298
www.fsc.org
© 1996 Forest Stewardship Council

Der Inhalt dieses Buches wurde auf einem nach den Richtlinien des Forest Stewardship Council zertifizierten Papier der Papierfabrik Munkedal gedruckt.

Deutsche Erstausgabe
August 2006
Deutscher Taschenbuch Verlag GmbH & Co. KG,
München
www.dtv.de

publication by arrangement with: Literarische Agentur Michael Gaeb
Titel der französischen Originalausgabe:
›Le plus petit zoo du monde‹

Umschlagkonzept: Balk & Brumshagen
Umschlagbild: ›Sondage d'opinion‹ von Roland Topor
(VG Bild-Kunst, Bonn 2005)
Satz: Greiner & Reichel, Köln
Gesetzt aus der Berling 10,25/13,5'
Druck und Bindung: Kösel, Krugzell
Gedruckt auf säurefreiem, chlorfrei gebleichtem Papier
Printed in Germany
ISBN-13: 978-3-423-24531-9
ISBN-10: 3-423-24531-X

In Erinnerung an Arthur, meinen Kater
(1990–2001)

»Über die unmittelbaren Wirkungen des Lebens in den Körpern

Die Gesetze, die alle Veränderungen regieren, die wir in der Natur beobachten, bringen, obschon sie überall dieselben sind und niemals miteinander in Widerspruch stehen, bei den lebenden Organismen ganz andere Wirkungen hervor, als sie bei den leblosen und ihnen vollständig entgegengesetzten Körpern erzeugen.«

Lamarck, *Zoologische Philosophie*

»Wenn sich eine Art infolge günstiger Umstände auf einem kleinen Raum außerordentlich vermehrt, so hat das häufig Epidemien zur Folge ...«

Darwin, *Die Entstehung der Arten*

»Es gibt in Paionien ein Tier, das man ›Monop‹ nennt und das von seiner Größe her an einen zotteligen Stier erinnert. Nach meinen Informationen läßt das Tier, wenn es verfolgt wird, in Panik einen Kuhfladen fallen, der so stark ätzt, daß er, wenn er auf seine Verfolger fällt, diese tötet.«

Aelianus, *De natura animalis*

Die Giraffe

Es hatte angefangen wie immer. Mit etwas so Idiotischem wie einem Fleck auf dem rostfreien Metall des Kühlschranks oder einem verdächtigen Geruch, der im Schrank geortet wurde und von dem sich nach eingehender Untersuchung zeigte, daß er dem Rest eines halben Brathähnchens entströmte, das man vier Tage vorher weggeworfen zu haben glaubte. Von da an war die Auseinandersetzung wie immer rasch außer Kontrolle geraten und in Zonen der Vorhaltungen gerutscht, die allgemeiner und abstrakter waren als ein einfacher Fleck oder ein einfacher Geruch, Zonen, die die Piloten von Verkehrsmaschinen unter dem Begriff »Turbulenzen« kannten und die sie durchquerten, indem sie einem rieten, den Sicherheitsgurt anzulegen und die Zigarette auszumachen. Cathy hatte wortreiche Reden geschwungen über Engagement, Selbstaufopferung, die Notwendigkeit von »Liebesbeweisen«, und Bob hatte sich wie immer alles angehört, vom Anfang bis zum Ende, den Kopf eingezogen und versucht, die Miene eines geprügelten Hundes aufzusetzen, die jedoch, das wußte er genau, die Wut seiner Frau nur noch mehr entfachte. Wie immer, wenn er ihr eine gewisse Zeit zugehört hatte, wie sie das, was bei ihm unter »wirrem Gequassel« lief, von sich gab, hatte er ihr völlig willkürlich eine Gemeinheit entgegengeschleudert, deren Ziel es war, sie maximal zu verletzen. Er hatte etwas gesagt in der Art von: »Und überhaupt, was weiß schon eine dumme Kuh wie du von der Liebe, verdammt noch mal?« (Häufig gab er nach solcherlei Entgleisungen vor, sich nicht mehr daran zu erinnern.) Und wie immer hatte er die verblüffte Stille, die seinem Einwurf folgte, genutzt, um sich davonzumachen, war eine Zeitlang mit dem Auto ziellos durch die Gegend gefahren, bis sich seine Wut hinter den Bewegungen der Scheibenwischer Stück für Stück löste und nicht mehr Platz einnahm als eine große Kugel ranzig gewordener Traurigkeit, das Signal, daß es an der Zeit war, nach Hause zurückzukehren, um die Scherben wieder zusammenzukleben.

An diesem Tag allerdings und im Gegensatz zu dem, was er gerne »die übliche Prozedur der Cathy und Bobschen Streitereien« nannte (Bemerkung dann Diskussion dann Streit dann Beleidigungen dann Bobs Aufbruch dann Bobs Rückkehr dann mehr oder weniger anhaltende lange Gesichter dann subtile Annäherungsversuche dann Versöhnung), fand Bob bei seiner Rückkehr ins Erdgeschoß, wo sie wohnten, die Wohnung leer vor, die Lichter gelöscht, Cathys Mantel war verschwunden, desgleichen, nach Überprüfung, ihre Zahnbürste, ihr Schminktäschchen, ihr semi-professioneller Föhn und ein paar Kleider zum Wechseln. Kein Zettel, keine Nachricht auf dem Anrufbeantworter. Nichts. Das hier war überhaupt nicht wie immer. Bob lief es kalt den Rücken hinunter.

Er spürte, wie seine Wut hochstieg und sich dann ganz ruhig in seinem Gehirn ausbreitete, ein faulendes Holzstück in einem Teich, und er sagte sich zunächst, daß er nichts unternehmen würde. Er würde jedenfalls nicht auf sie warten, »die dumme Kuh«, er hatte Hunger und würde fernsehen. Er kochte sich Reis und betrachtete mit abwesendem Blick den kleinen Garten, der es ihnen angetan hatte, als sie vor sechs Jahren beschlossen hatten, die Wohnung zu kaufen. Er aß und sah sich dabei einen Fernsehfilm an, in dem ein Mädchen vergewaltigt wurde und sich dann rächte. Er sah sich die anschließende Debatte an, bevor er plötzlich, ohne zu wissen, wie es dazu gekommen war, im Begriff war, Cathys Mutter anzurufen und sie antworten zu hören, daß sie »keine Ahnung« habe, wo Cathy zur Zeit sein könne, und daß, »wenn man ein Eheleben führt, als würde man campen, man sich nicht zu wundern braucht, wenn es Ärger gibt«. Bob verstand nicht, was sie damit sagen wollte, und legte sich schließlich schlafen.

Er stand in der Nacht auf, sein Mund war so trocken, als hätte er eine Handvoll Sand gegessen. Während er ein Glas Wasser trank, blickte er aus dem Küchenfenster und sah etwas, was wie eine große dunkle Masse in seinem Garten wirkte. Es war spät, sein Kopf war tonnenschwer, und er legte sich wieder schlafen, ohne der Sache nachzugehen. Erst am nächsten Morgen gegen sieben Uhr, als er auf der Suche nach einem Rest Brot, das er vor der Arbeit noch essen konnte, in den Schränken kramte, sah er das Ganze. Auf der Seite liegend, den Hals in einem seltsamen Winkel verdreht, drei der langen Beine ausgestreckt, das vierte angezogen, befand sich in seinem Garten, dessen Fläche es nahezu vollständig einnahm, etwas, was ganz nach einer toten Giraffe aussah. Bob spuckte eine große Menge des Brotes, das er gerade kaute, wieder aus und ging barfüßig hinaus ins nasse Gras. Kein Zweifel, es war eine Giraffe mit gelbem, geflecktem Fell (das er mit den Fingerspitzen berührte und unangenehm rauh fand), und sie war tot: Große glanzlose Augen fixierten den morgendlichen Himmel, und eine lange Zunge troff wie Speichel aus den dunklen Lippen des Tiers. Völlig perplex sah Bob sich um, als könnte er herausfinden, woher die Giraffe gekommen war, aber er entdeckte nicht den geringsten Hinweis. Barfüßig wie er war, wurde ihm auf dem nassen Rasen langsam kalt, und er ging wieder hinein. Als er sich anzog, um zur Arbeit zu gehen, fragte er sich, was er wohl mit der toten Giraffe in seinem Garten machen sollte, und noch bevor er sich dessen bewußt wurde, war er in der Gemütsverfassung, die er am meisten auf der Welt haßte: der arme Kerl, der sich selbst leid tat.

Bei der Arbeit blieb er lange vor dem Entwurf eines Briefs an den Büromateriallieferanten sitzen, atmete dann tief ein und nahm den Telefonhörer in die Hand, um Cathys beste Freundin anzurufen. Sie wußte von nichts, war nicht auf dem laufenden, behauptete, daß es sie »letztlich nicht wundere«, wäre er in der Lage gewesen, sich auch nur »ein bißchen Mühe« zu geben, wäre es vielleicht anders gekommen, und im übrigen müsse sie auflegen, weil sie »im Streß sei«. Bob drückte die Stirn sehr fest in seine Hände und ließ den Tag vorübergehen.

Wieder zu Hause verzog er das Gesicht, als er feststellte, daß die Giraffe noch immer da war und ein seltsamer Wildgeruch von ihr ausging, der bis ins Haus drang. Er mußte die Sache in die Hand nehmen, Cathy hatte ihm immer vorgeworfen, er könne mit heiklen Situationen nicht umgehen, aber dieses Mal würde er sie bewältigen. Er rief zunächst die Polizei an: Die Frau in der Zentrale, offensichtlich schlecht gelaunt, sagte, sie sehe nicht, was die Polizei mit dieser Angelegenheit zu tun habe. Wenn die Giraffe nicht versucht hätte, bei ihm einzubrechen, ihn anzugreifen oder »seiner Person gegenüber handgreiflich zu werden«, wäre der Kadaver lediglich der eines Tiers und nicht der eines Verdächtigen, und folglich solle er zusehen, wie er klarkäme. Die Feuerwehr, das Technische Hilfswerk und der Katastrophendienst des Zivilschutzes folgten mit »selten blöden Ausreden«, wie Bob fand.

Er versuchte erneut, Cathys Mutter anzurufen, die ihm sagte, »ja, ich habe von meiner Tochter gehört«, sie hat »es satt, mit einem Typen zusammenzuleben, der ständig neben der Spur ist«, eine junge Frau sollte sich »auf einen Mann stützen können« und nicht immer »die Dinge selbst in die Hand nehmen müssen«.

Aufgrund des Verwesungsgeruchs der Giraffe und seines verflixten Selbstmitleids schlief Bob schlecht. Am nächsten Tag war der Gestank noch schlimmer und unangenehmer. Eine Gruppe von vier Nachbarn läutete an seiner Tür und forderte ihn auf, das Geruchsproblem, das sie seit drei Tagen belästige, sobald wie möglich zu lösen. Bob stammelte ein paar Entschuldigungen und rief einen Schlachter an, der ihm erklärte, daß aufgrund von Maastricht und der Rahmenvereinbarungen der DG VI der Fleischhandel mit exotischen Tieren strengen Kontrollen unterliege und daß es vor der Uruguay Round besser gewesen sei. Bob legte wieder auf. Ihm war zum Heulen, er betrachtete sich im Spiegel und fand, er sehe »schlecht und ausgezehrt« aus. Dann klingelte das Telefon. Es war Cathy.

Cathy mit ihrer Wasservogelstimme fragte ihn, ob er über »alles, was sie ihm gesagt habe, nachgedacht hätte«? Ohne recht zu wissen, warum, antwortete er, ja, er habe gründlich nachgedacht. »Und?« fragte sie. Aufs Geratewohl erwiderte er: »Ich werde mich ändern. Ich werde mich bemühen.« Es folgte eine Stille, die ihm verriet, daß Cathy ihrerseits nachdachte. Dann sagte sie mit einem rätselhaften Klang in der Stimme »Auf Wiedersehen«.

Eine unendliche Furcht nahm nun von Bob Besitz. Dieses rätselhafte »Auf Wiedersehen« konnte bedeuten, daß sie jede Minute hier aufkreuzte. Er hatte keine Wahl, er rief mit verstellter Stimme bei der Arbeit an und sagte, er habe sich einen Virus eingefangen und könne nicht ins Büro kommen. Er tauchte sein Gesicht in eiskaltes Wasser und stellte sich ans Fenster, um nachzudenken. Es hatte geregnet, Wasser tropfte vom

Kranzgesims, die Giraffe verfärbte sich grau. Etwas in der Größenordnung göttlicher Eingebung fuhr ihm durch den Kopf. Er griff noch einmal zum Telefon und rief Darek Gruszowsky an, den polnischen (Schwarz-)Arbeiter, der ihre Wohnung letztes Jahr neu gestrichen hatte. Bob erklärte ihm, worum es ging, Darek sah »überhaupt kein Problem«, wollte in einer Stunde mit seinem »Cousin und dem nötigen Material« zur Stelle sein.

Während er auf den Arbeiter wartete, suchte Bob alle alten Zeitungen zusammen, die er finden konnte, und lief los, um ein Dutzend Rollen schwarzer und robuster Müllsäcke zu kaufen. Als er zurückkam, stand Darek vor der Tür, sein Cousin hatte gerade den Kofferraum des Opel Kombi entladen. Er bat die beiden herein und führte sie in den Garten, wo sie mit gelangweilter Miene das Tier inspizierten. Schließlich verkündete Darek: »Mit der Handkreissäge ... Mit der Handkreissäge wird es am schnellsten gehen ...« Bob schloß sich dieser Meinung an.

Die drei Männer wunderten sich über die riesigen Mengen verschiedener Körperflüssigkeiten, Organe und Knochen, die ein Tier dieser Größe haben konnte. Auch der Gestank überraschte sie, als wäre die Giraffe eine Tupperdose, die man einige Tage lang vergessen und dann plötzlich unvorsichtigerweise geöffnet hatte. Bob holte Handtücher aus dem Badezimmer, damit sie sich das Gesicht bedecken konnten, und kehrte in den Garten zurück, wobei er durch den rötlichen Matsch watete, in den sich die mit Blut vermischte Erde verwandelt hatte. Die Handtücher rochen angenehm nach Lavendel, so ging es besser.

Darek, von Kopf bis Fuß blutüberströmt, bediente die Handkreissäge mit der Miene eines rasenden Gottes, der gekommen war, die Menschen zu strafen. Sein Cousin füllte die Müllsäcke, von denen sich bereits eine beträchtliche Anzahl in einem großen grauen Haufen vor der Verandatür stapelte. Nach zwei

Stunden hartnäckiger Arbeit erklärte Darek, er brauche »etwas zu trinken«. Bob holte drei Flaschen Bier aus dem Kühlschrank, seine Füße waren schmierig und klebten am Boden, seine Hände klebten ebenfalls, es war ein unangenehmes Gefühl, aber er mußte da durch, wenn er seinen Garten von dieser verflixten Giraffe befreien wollte.

Gerade als er den beiden Männern im Wohnzimmer das Bier brachte, trat Cathy ein. Sie betrachtete die drei, betrachtete ihre Hände, ihre Beine und ihre blutverschmierten Schuhe, roch vermutlich den Gestank, eine Mischung aus Urin und Aas, sie betrachtete die Zeitungen, die Bob auf dem Boden ausgebreitet hatte, sie betrachtete die offene Verandatür, hinter der sich die Müllsäcke türmten. Bob lächelte sie an, er fühlte sich besser, er hatte das Gefühl, sich verändert zu haben, jetzt würde alles besser laufen, er würde die Dinge in die Hand nehmen, er war ein Mann geworden, auf den man zählen konnte. Cathy machte den Mund auf, um etwas zu sagen, doch der einzige Laut, der ihr entwich, war eine Art schmerzhafter Seufzer. Sie schlug die Augen nieder, nahm die Reisetasche, die sie auf den Boden gestellt hatte, wieder auf und verließ die Wohnung.

Bob sah sie nie wieder. Später zog er aus diesem Bruch den Schluß, daß der Charakter dieser Frau etwas verkorkst war. Noch später dehnte er seine Schlußfolgerung aus und gelangte zu der Überzeugung, daß Frauen einfach verrückte Kreaturen sind.

Der Goldfisch

Franck hieß nicht Franck, wollte aber, daß man ihn Franck nannte. Das wirke sehr amerikanisch, fand er, und habe noch dazu etwas Bedrohliches an sich. Er hatte den ganzen Weg bis zu einer abgewrackten, stinkenden Werkstatt in einem total heruntergekommenen Viertel zu Fuß gehen müssen, um sein Auto abzuholen. Das hatte ihm die Laune verdorben, er hatte sich gefragt, warum die Bullen den Leuten ständig auf den Zeiger gehen mußten, indem sie abgeschleppte Autos an solche Orte verfrachteten, warum man, wenn einem das Auto geklaut worden war, es selbst abholen mußte und es einem nicht von diesen Vollidioten, ohne deren Inkompetenz das Auto immer noch friedlich an einem wunderschönen Platz vor seiner Wohnung stehen würde, zurückgebracht wurde. Scheiße! Die Bullen waren echte Vollidioten. Echte Vollidioten, die ständig allen auf den Zeiger gehen wollten. Scheiße! Franck war endlich an dem Abstellgelände angekommen, da hatte ihn einer dieser idiotischen Bullen gefragt: »Worum geht's?« Er hatte geantwortet: »Um den gestohlenen Renault 4.« Derselbe Idiot hatte hinzugefügt »Ah ja …«, hatte einen versteinerten Gesichtsausdruck angenommen und ausgesehen wie ein Typ, der bestens Bescheid weiß, sich aber geschworen hat, nichts zu sagen. »Was ist denn nun mit meinem Renault 4?«, hatte er den Bullen gefragt. Der Vollidiot hatte geantwortet: »Nichts, Sie haben Glück, gestohlene Autos tauchen selten wieder auf.« Dann hatte er einen alten Typen gerufen, der einen total verdreckten Blaumann anhatte und in einer Ecke pennte. Der Alte im Blaumann war aufgestanden und hatte ein bißchen gewankt, er war winzig, er roch nach Öl und Reinigungsmittel für Armaturenbretter. Der Vollidiot gab ihm die Schlüssel für den R4, der Alte sah sie mit einer Trauermiene an, als würde er die Todesanzeigen in der Zeitung lesen und hätte gerade vom Tod eines ehemaligen Schulkameraden erfahren, den er seit dreißig Jahren aus den Augen verloren hatte. Noch einmal hatte Franck den Eindruck, man würde ihm etwas verheimlichen, alle taten sie so geheimnisvoll, und das hinterließ ein mieses Gefühl, etwa so wie es die letzten Männer in *Die Körperfresser kommen* gehabt haben mochten. Es gab tatsächlich Grund genug, schlecht gelaunt zu sein. Wenn er bei sich zu Hause wäre, würde er einmal ordentlich laut brüllen und seiner Mutter Angst einjagen, die dann zu ihm sagen würde: »Hör auf, so was zu sagen, hör auf damit, uuhh, uuhh.« Das würde ihm guttun. Aber hier, mit den ganzen Deppen, war nichts zu machen, er konnte nur die ganzen negativen Wellen, die ihm Bauchschmerzen bereiteten und die bestimmt früher oder später Krebs auslösen würden, für sich behalten. Scheiße!

Der Alte im Blaumann hatte ihn aufgefordert, mit ihm nach hinten zu gehen, wo sein Auto stand. Auf dem Weg dahin murmelte er unablässig Sachen in der Art von »Ahhh, der R4, ja, ja, der R4, Scheiße. Mist aber auch …« Es sah so aus, als wollte er sich jemandem anvertrauen. Als sie bei seinem Auto ankamen, fragte Franck: »Was ist denn mit meinem R4?« Der Alte im Blaumann sah nach links und nach rechts, trat näher, bis der Geruch nach Öl und Reinigungsmittel für Armaturenbretter ziemlich intensiv wurde, und sagte mit gesenkter Stimme: »Letzte Woche am Bahnhof haben sie irgendeinen komischen Vogel festgenommen, der versucht hat, ohne Fahrkarte in den Zug zu steigen. Der Typ hat sofort die Panik gekriegt, vor dem Schaffner ausgepackt und gesagt, er würde sie zu den entsprechenden Stellen führen. Die Bullen haben an den Stellen nachgeschaut, die er ihnen genannt hat, irgendwo im Wald, und sie haben drei Mädchen gefunden, tot und nackt, wirklich übel zugerichtet, halb aufgefressen, halb vergewaltigt. Einer der Bullen hat an Ort und Stelle gekotzt, er hatte in seiner ganzen Laufbahn noch nie so was Schreckliches gesehen.« Franck interessierte sich nicht für die Geschichte, er fragte nur: »Und dann?« Der Alte senkte die Stimme noch mehr: »Und dann hat der komische Kauz erzählt, daß er ein Auto geklaut hatte, um auf der Nationalstraße Anhalterinnen mitnehmen zu können. Und das gestohlene Auto war Ihrs, Ihr R4, in Ihrem Auto hat er diese ganzen Schweinereien gemacht.«

Franck hatte zunächst nicht an all das gedacht, er hatte sich damit begnügt, sein Auto mitzunehmen und aus diesem beschissenen Viertel zu verschwinden. Er war nach Hause gefahren, hatte gehört, daß der Fernseher seiner Mutter in ihrem Schlafzimmer auf voller Lautstärke lief. Der Typ von *Fragen an den Champion* sagte: »Wasserlauf in Asien. Ich bin ein Nebenfluß des Mekong. Von Pierre Loti als *Schlange mit nach Amber riechendem Gift* bezeichnet, ich war jahrhundertelang einer der Hauptwasserwege, der das Mongolische Reich mit seinen nördlichsten Regionen verband. Heute versorgen die zahlreichen Staudämme, die auf meinem Weg errichtet wurden, rund dreißig Prozent der Dörfer der Region Longin mit Strom ...« Ihm war dieser Fluß egal. Er war todmüde, er stellte sich das Glas und den Goldfisch seiner Mutter vor, was seine Stimmung auf den Nullpunkt sinken ließ, er ging in sein Zimmer und regte sich auf, als er sah, wie spät es war. Er würde bei der Arbeit todmüde sein, das würden alle sehen können, sie würden zu ihm sagen: »He, aufwachen! Nachts kannst du machen, was du willst, aber hier wird rangeklotzt, ist das klar?!« Als er einschlief, war seine Stimmung schlechter denn je.

Der nächste Tag fing an wie immer. Auf dem Weg nach unten war er am Schlafzimmer seiner Mutter vorbeigekommen, der Fernseher lief schon wieder. Der Fernsehverkäufer sagte: »Schauen Sie genau hin, es ist unglaublich, egal woraus die Oberfläche ist, die an den beiden Seiten angebrachten Rädchen fungieren mühelos als wahre ›Staubfresser‹.« Er stieg in sein Auto, es hatte geregnet, das Armaturenbrett war ganz beschlagen, er wischte es mit einem Taschentuch ab. Er ließ den Motor einen Augenblick lang laufen. Er schaltete das Gebläse an, um sich aufzuwärmen. Sein Auto gefiel ihm, hinten war viel Platz. Er fragte sich, was der Verrückte, der es geklaut hatte, mit den drei Anhalterinnen wohl getrieben haben mochte. »Halb aufgefressen, halb vergewaltigt.« Uuaa! Das war wirklich ekelhaft. Franck überlegte, daß sich alles hinten abgespielt haben mußte, wo Platz war. Vorne war es zu eng, um Leute aufzufressen oder zu vergewaltigen. Er sah auf die Uhr, er hatte noch etwas Zeit. Er stieg aus, bekam etwas Regen ins Gesicht und beeilte sich, nach hinten zu gehen. Er machte die beiden Türen zum Kofferraum auf und stieg ein. Der Kofferraum war klasse, bot viel Platz, dort konnte man problemlos Anhalterinnen hinlegen. Er sah nach, ob von der ganzen Geschichte nicht noch etwas zu sehen war, Haare, abgebrochene Fingernägel, Blut, ein Stück Seil oder so, aber die Bullen hatten fantastische Arbeit geleistet, nichts lag mehr rum. Er legte sich hin. Man konnte in diesem Kofferraum bequem liegen. Von dort, wo er lag, konnte er gut die beiden Stangen sehen, an denen die Vordersitze befestigt waren. Gute französische Werksarbeit war das, solide, dort mußte der Verrückte die drei Mädchen angebunden haben. Eine andere Lösung gab es nicht. Er drehte sich um und stellte sich drei Mädchen angebunden vor. Er lächelte. Es war wirklich widerlich. Er hatte Speichel im Mund. Er sah auf die Uhr, er würde zu spät kommen.

Sie waren ihm den ganzen Tag auf den Geist gegangen. Als er nach Hause kam, hatte er seine Mutter einmal kräftig angebrüllt, und sie hatte angefangen zu heulen: »uuhh, uuhh …« Er hatte gesagt: »Mir doch egal. Krepier nur, mir doch egal!« Dann war er gegangen und hatte die Tür zugeknallt, peng! Und er hatte angefangen, ziellos durch die Gegend zu fahren, um sich zu entspannen. Das Wetter war eklig, Wolkenbrüche gingen auf die Stadt nieder, als hätte jemand eine Million Gartenschläuche aufgedreht. Das Klima spielte total verrückt, El Niño in Europa, wenn es so regnete, stieg der Wasserspiegel der Ozeane sicherlich um mehrere Millimeter an, bald würden die Küstenstädte verschwinden. Franck war das egal, bei all dem Wasser sah er überhaupt nichts mehr und hielt hinter einem riesigen Baustellenfahrzeug. Wie am Morgen schon ging er nach hinten. Er stellte sich die drei Anhalterinnen vor, die an der Sitzhalterung festgebunden waren. Er sagte: »Wen werd ich als erstes fressen, he?« Und er stellte sich vor, daß eine Blonde und eine Brünette dabei wären. Nein! Zwei Blonde und eine Schwarze. Eine Brasilianerin, die nichts kapierte, die Art Mädchen, die bei einem Fußballspiel ihre Brüste zeigte. Die erste Blonde würde anfangen zu flennen, die zweite würde zu ihr sagen: »Hör auf zu heulen! Siehst du nicht, daß ihn das erregt!« Wow! Kühler Kopf! Franck würde ihr eine schmieren, dann würde er zu der Schwarzen sagen: »Dich fress ich zuerst, du bist schön knusprig geraten.« Und er würde sich einen ablachen. Er würde hineinbeißen, oben am Oberschenkel, der unter Minishorts aus Lycra hervorschaute. Es schmeckte nach Zartbitterschokolade mit 85 % Kakaoanteil. Uuaa! Es war ekelhaft, wie konnte der Verrückte bloß so etwas machen? Er lehnte sich im Kofferraum zurück, um zu verschnaufen. Er war von der zweiten Blonden und ihrem kühlen Kopf total beeindruckt, sie dürfte dem Gestörten ganz schön zugesetzt haben. Verflixt, was für ein Pech, an so eine zu geraten. Die erste Blonde dagegen war wirklich nervig. Wie seine Mutter, ständig am Heulen: »Uuhh! Uuhh!« Von der Schwarzen blieb nichts übrig. Es war widerlich! Er kotzte. Würg, in seinen Kofferraum! Er hatte die Schnauze voll, er war angewidert. Er setzte sich wieder nach vorn.

Es regnete jetzt weniger, der Nachthimmel war freigezogen, man sah ein Stück vom Mond und ein paar Sterne. Er dachte an die riesigen Ausmaße des Universums, die Vorstellung von Unendlichkeit schoß wie ein Pfeil durch seinen Verstand und tat fast weh. Dann die Vorstellung von der Ewigkeit, zisch! Auch sie wie ein Pfeil. Dann die Vorstellung von Gott. Drei Pfeile, nur weil man ein Stück vom Mond und ein paar Sterne sah. Er hatte keine Lust, nach Hause zurückzukehren, er war sicher, seine Mutter wäre da, sie würde auf ihn warten, im Fernseher würde eine Sendung laufen, bei der die größtmögliche Zahl an Idioten und Idiotinnen um die Gunst des Publikums buhlte. Franck fuhr weiter, auf dem Land müßte man doch die Milchstraße sehen können, überlegte er, man müßte Sternschnuppen sehen, man müßte die Proxima Centauri funkeln sehen. Er folgte den Schildern *Alle Richtungen*. Er hörte, wie die beiden Blonden im Kofferraum unruhig wurden, die Heulsuse heulte über ihr Los und das der Schwarzen. Sie versprach ihm alles Mögliche, von ihrer Familie in Zürich, die Geld hatte, die für ihre Befreiung bestimmt eine Belohnung zahlen würde, und: »Bitte, bitte, lassen Sie uns gehen, wir werden niemandem was erzählen.« Franck hörte ihr zu und schüttelte den Kopf, natürlich würden sie alles erzählen, würden eine Personenbeschreibung von ihm abgeben, seinen Renault 4 angeben, sein Autokennzeichen melden, die

Sache mit der Schwarzen erzählen. Die andere Blonde wußte, daß er das wußte, sie war viel intelligenter als die Heulsuse und hielt die Klappe, sie gab keinen Ton von sich, eine fast beunruhigende Aquariumsstille. Franck versuchte, sie im Rückspiegel zu sehen. Sie war richtig hübsch, Typ deutsche Studentin der Romanistik am Anfang ihres Erasmusprogramms, die Deutschen lieben die französische Kultur, Franck war stolz.

Sie hatten die Stadt verlassen, waren aber noch lange nicht auf dem Land. Hier reihten sich kilometerlang Verbrauchermärkte aneinander: *Auchan, Carrefour, Decathlon, La Halle aux chaussures, La Foir'fouille* ... Kilometerlang. Hin und wieder war noch ein halbverfallenes Mietshaus zu sehen, mit zwei oder drei Renault 5 GT Turbo davor, hin und wieder eine Fabrik für Glasfaserschläuche. Das hier war überhaupt nicht die Pampa, und von Sternen war noch lange nichts zu sehen. Es wurde immer später, und er fühlte sich auf einmal müde. Er hielt auf dem verlassenen Parkplatz eines Grossisten für Gartengeräte. »Uuhh! Uuhh!« Er hatte die Schnauze voll von der lärmenden Blonden hinten im Auto. Er stieg aus, ging um das Auto herum und kletterte wieder in den Kofferraum. Die Heulsuse war mit großen Schweißperlen bedeckt, die im Licht des Deckenlämpchens tausendfach und wunderschön schimmerten. Er biß das Mädchen in den Oberschenkel, es schmeckte nach Vanille und Haselnuß, es schmeckte nach Quellwasser, es schmeckte nach Pfirsich und Karamell, es schmeckte nach Lagerfeuer. Er schlief ein.

Nach ein oder zwei Stunden schreckte er aus dem Schlaf. Gestört von dem anhaltenden Lärm der Autos, die auf der Autobahn vorbeirasten, hatte er schlecht geschlafen. Gerade bog ein Lastwagen auf den Parkplatz des Grossisten für Gartengeräte. Franck stieg aus, warf einen Blick auf die beiden Blonden im

Kofferraum, die nicht schliefen. Sie sahen ihn mit den starren Augen einer Wasserschildkröte an, die gerade auf eine Schiffsbrücke gehievt worden war und wußte, daß es jetzt mit ihr vorbei wäre. Er sagte zu ihnen: »Ihr haltet die Klappe, ist das klar? Sonst bring ich euch um!« Er ging auf den Lastwagen zu. Er hatte keine andere Wahl, als den lässigen Typen zu spielen, der einen Moment angehalten hat, um ein Nickerchen zu machen, wenn nicht, würde er die Aufmerksamkeit auf sich ziehen, der Lastwagenfahrer würde sicherlich seinen Kofferraum sehen wollen, und er würde die Mädchen sehen. Von der Fahrerkabine aus sah ein kleiner Typ mit braunem Teint, wie er näher kam, und kurbelte das Fenster herunter. Franck lächelte ihn an und fragte: »Die Autobahn in die Niederlande, wo find ich die? Ich fahr seit Stunden im Kreis ...« Der Fahrer schüttelte den Kopf. »No lo so. Hablas español ...« Franck erwiderte nur: »Macht nichts, ich werd sie schon finden.« Er machte ein Zeichen mit der Hand, das freundlich sein sollte, und kehrte zu seinem Renault 4 zurück. Er warf einen kurzen Blick in den Kofferraum, die beiden Mädchen hatten sich nicht von der Stelle gerührt, er hatte wohl eine gewisse Autorität, überlegte er, die Mädchen hätten nicht jedem gehorcht, er hatte allen Grund, stolz zu sein. Er stieg vorne ein und fuhr los.

Als er zu Hause ankam, wurde es langsam hell. Er war todmüde, aber er hatte immer noch Lust, mit den Mädchen im Kofferraum irgendwelche Sachen zu machen. Der Mond und die Sterne waren verschwunden. An ihrer Stelle strich ein grauer Himmel über die Dächer. Er spürte nichts mehr von der Ewigkeit und Unendlichkeit, die ihn während der Nacht gestreift hatten, die Welt war geschrumpft, seine Gefühle gleich mit. Er sah, daß seine Mutter die Mülleimer nach draußen gestellt hatte, und er spürte, wie ihm die Übelkeit vor Hunger fast die Kehle zuschnürte. Er ging nach hinten, die Heulsuse hatte an der Stelle, an der er sie gebissen hatte, einen großen blauen Fleck. Die Mutige sah ihn mit einem halben Lächeln an, das ihn ziemlich nervte. Er sagte: »Hör auf, so zu grinsen!« Aber sie hörte nicht auf. Er sagte noch einmal: »Hör auf!« Aber sie lächelte weiter. »Dich werd ich als erste fressen, hörst du!« Das Mädchen scherte sich nicht um seine Drohungen, ihre Augen hatten einen erschreckend trotzigen Glanz, den gleichen, den das kleine Mädchen in *Der Exorzist* hatte, als es zum Pfarrer sagte: »Deine Mutter lutscht Schwänze in der Hölle!« Franck fing an zu zittern, dieses Mädchen war das fleischgewordene Böse, das Böseste, was es auf Erden gab. Die Heulsuse sah ihre Kameradin beunruhigt an. »Scheiße Mann!« sagte Franck. »Scheiße Mann!« wiederholte er und betrachtete sein Auto, als wäre es ein giftiges Insekt. Er ging ins Haus. Seine Mutter sah sich Eiskunstlauf im Fernsehen an. »Das russische Paar, das wir letztes Jahr bereits im Achtelfinale gesehen haben, hat enorm an seinen Übergängen gearbeitet. Die beiden zeigen jetzt eine neue Geschmeidigkeit, ganz sauber, vor allem in der Kür …«

Francks Hände zitterten, ihm wurde auf einen Schlag klar, wie sehr er alles verabscheute, seine Arbeit, das Haus, seine blöde Mutter, den Fernseher, seine eigene Visage, seine Art sich zu kleiden, seine Art zu reden. Alles war im Arsch, er war in der Haut eines menschlichen Wracks auf die Welt gekommen und er würde in rund dreißig Jahren an Krebs sterben, als menschliches Wrack. Er düste in den Keller und holte eine Flasche White Spirit, eine Flasche mit einem alten Lösungsmittel, das er zum Entfernen von Lackflecken benutzt hatte, und eine Flasche Trichloräthylen, womit er seine Felgen geputzt hatte. Er ging wieder nach oben, er ging wieder hinaus. Das Auto mit seinem verdammt unheilvollen Inhalt, bereit, ihm beim kleinsten Fehltritt ins Gesicht zu springen, stand direkt vor ihm. Er nahm seinen ganzen Mut zusammen und öffnete den Kofferraum. Die Heulsuse war immer noch da, heulte und betrachtete ihre Kameradin. Der blaue Fleck auf ihrem Oberschenkel sah aus wie ein großes Fischauge. Die Mutige sah Franck mit ihrer teuflischen Visage immer noch grinsend an, als wäre sie direkt aus der Hölle entlaufen. Franck verteilte den White Spirit, das Lösungsmittel, das Trichloräthylen. Es stank, es roch nach einer Textilfabrik, die nicht den europäischen Sicherheitsanforderungen entsprach. Er zündete ein Streichholz an und warf es in den Kofferraum. *Puff!* Eine Flamme in künstlichem Gelb leckte ihm übers Gesicht. Es brannte ordentlich, er trat zurück. Unter dem Einfluß der Hitze zerbarst die Windschutzscheibe, peng! Es tat gut, den ganzen Mist brennen zu sehen, Großputz, wie eine reinigende Dusche. Er ging wieder ins Haus. Seine Mutter fragte, ob er etwas essen wolle, bevor er gehe. Er sagte ja und zog sich rasch um, er mußte sich beeilen, er wollte nicht zwei Tage nacheinander zu spät kommen.

Die Kuh

Prolog

Ein Mädchen kennenzulernen, wenn man wie ein Tier zehn Stunden am Tag als Vertreter malocht, versucht, Leuten, die sich nicht im geringsten dafür interessieren, medizinische Geräte zu verkaufen, war ebenso unwahrscheinlich, wie von der NASA ausgesucht zu werden, um ein Kolonisationsprogramm auf der Venus aufzubauen. Wenn man nach seinem dreißigsten Geburtstag ein Mädchen kennenlernen wollte, mußte man (diese Liste sagte er sich manchmal auf, wenn er die Kilometersteine vorbeihuschen sah, die ihm wie ebenso viele Grabsteine vorkamen):

- in einen Ferienclub fahren und den Spaßvogel mimen
- regelmäßig eine Sporthalle aufsuchen und den Spaßvogel mimen
- einer Arbeit nachgehen, bei der der »Kundenkontakt« im Vordergrund stand, und den Spaßvogel mimen
- Freunde haben, die Mädchen kannten, die einem eventuell an Abenden vorgestellt werden konnten, an denen es darum ging, den Spaßvogel zu mimen

Zunächst einmal hatte Henry nicht die Zeit, in Urlaub zu fahren. Er hatte auch nicht die Zeit, eine Sporthalle aufzusuchen, er ging einer Beschäftigung nach, bei der er (abgesehen von seinen Kollegen Jean-Luc, Jean-Marc und Jean-Michel, die, was die »Mädchenkennenlernprozedur« anging, ebenso abgehängt waren wie er) nur Ärzte kennenlernte, die ihm mit mehr Verachtung begegneten als einer Stuhlprobe, und er hatte keine Freunde. Davon einmal abgesehen, auch wenn er sich in einer oder mehreren der oben erwähnten hypothetischen Situationen befunden hätte, so war er immer noch kein Spaßvogel. Beileibe nicht. Er war ein eher schwermütiger Typ. Welches Mädchen würde sich schon für einen Typen interessieren, der weiße Socken zu Mokassins trug, der nur RTL hörte (niemals NRJ, BFM, France Musique, nein, RTL mit seinen oberschlauen Komikern), der häufig über Schmerzen am Steiß klagte, über Müdigkeit, über das Wetter, über sein Auto, über die Politik, über die Lebenshaltungskosten, der darauf bestand, Drakkar Noir als Eau de Toilette zu verwenden samt zehntausend anderer winziger Details, deren Ansammlung an gräulichen Tropfen seiner Persönlichkeit den Anschein einer Pfütze auf einem Bürgersteig in einer Stadt im Norden nach einem herbstlichen Regenguß verlieh.

Die fehlende Liebe lastete schwer auf ihm.

Ein wenig, wenn er allein an einer Autobahnraststätte auf einem feuchten Sandwich kaute und plötzlich das Bedürfnis verspürte, jemanden anzurufen, um ihm mitzuteilen, daß »alles in Ordnung« sei, daß er »in einer Stunde« da wäre, daß er »völlig erledigt« sei. Ein wenig auch, wenn er morgens aufwachte und ihm der Morgen vorkam wie ein kleiner Tropfen Säure, der genau auf sein Herz fiel. Am Abend hingegen lastete die fehlende Liebe schwer auf ihm, wenn er vor der Mikrowelle stand, den Blick starr auf den sich drehenden Teller gerichtet, der die tiefgefrorenen Moleküle einer Moussaka erhitzte, und sich sagte, daß ein Leben wie seins an ein Insektenleben erinnerte: dicht am Boden arbeiten, gierig Scheiße fressen, allein unter einem Platanenblatt auf einem Feldweg sterben, auf dem kein Mensch mehr vorbeikäme. Wenn er daran dachte, an das Insekt, die Arbeit, die Scheiße und den Tod, fing er an zu heulen. Das

Schluchzen einer depressiven alten Jungfer, die es nicht einmal mehr erschreckt, wenn sie so plötzlich losheult, für die Tränen wie Zähneputzen sind, eine tägliche Pflicht, und die sich sagt, daß es irgendwann doch mal ein Ende haben muß.

So weit war er mit seinem Leben, Pfütze, Insekt, klumpige Depression, die jeden Abend und jeden Morgen auf ihn lauerte, als eine kleine Anzeige in einer kostenlosen Zeitung seine Aufmerksamkeit auf sich zog. »*Sie suchen weibliche Begleitung. Sie wünschen einfach nur Kontakt (nicht sexueller Art, keine Prostitution).*« Es war eine seltsame Anzeige. Was sollte das heißen? Und dann der Schluß »*nicht sexueller Art, keine Prostitution*«. Sie ging ihm den ganzen Tag nicht aus dem Kopf, wie ein Post-it, das ihm dezent aufs Rückenmark geklebt worden war, und wieder zu Hause schlief er mit den Worten »*nicht sexueller Art, keine Prostitution*«, die an der Oberfläche seines Bewußtseins trieben, ein. Er träumte von diesen Worten, sie saßen auf einem Kamin, trugen feine Wäsche und spreizten die Beine.

Als Henry erwachte, rief er die in der Anzeige genannte Nummer an.

1

Eine Männerstimme hatte geantwortet und ihm die Adresse gegeben. Es war mitten in der Pampa. Er mußte über eine halbe Stunde auf einer schmalen Landstraße fahren, durfte eine Kreuzung an einer wandernden Baustelle nicht verpassen, mußte noch zwei- oder dreihundert Meter weiterfahren und den Weg bei den Plastikmülleimern nehmen. Henry hielt sich an die Anweisungen und fand sich schließlich vor einer Art Schuppen mitten auf einer Wiese wieder. Dicke Kühe, die Mäuler voller Gras, betrachteten ihn und blinzelten mit ihren neugierigen Augen. Ein Mann in einem Chirurgenkittel kam ihm aus einem Raum, der an den Schuppen grenzte, entgegen.

»Sind Sie derjenige, der gestern bei uns angerufen hat?« Der Mann im Chirurgenkittel sah völlig erschöpft aus, als hätte er die letzten Nächte nicht geschlafen. Er roch nach Kaffee und Schweiß, sein Kittel war von allerlei Flecken übersät: Fett-, Eier-, Blutflecken, vielleicht etwas Kot. Plötzlich fand Henry, daß diese ganze Geschichte von der weiblichen Begleitung seltsame Züge annahm, und er betete innerlich, daß es sich nicht um die Falle einer Sekte oder um eine Sexorgie handelte.

Er folgte dem Mann im Chirurgenoutfit in ein Büro, wo sie ein junges Mädchen mit leicht traurigem Gesichtsausdruck zu erwarten schien. Sie trug ein etwas altmodisches Kostüm aus einem Stoff mit aufgedrucktem Blumenmuster und Schulterpolstern, davon abgesehen war sie wirklich hübsch. Sehr hübsch.

Ein harmonisches Gesicht, lange dunkle Haare. Henry grüßte lächelnd.

»Sie wird Ihnen nicht antworten«, sagte der Chirurg, und auf Henrys erstaunten Gesichtsausdruck hin fügte er hinzu: »Sie ist eine Kuh.«

2

Auf der Rückfahrt dachte er darüber nach, was ihm der Chirurg erzählt hatte. Bevor dieser sich der Forschung verschrieben hatte, war er Landwirt gewesen, dann, als die Methoden der Biotechnologie zunehmend demokratisiert wurden, hatte er, wie fast alle Welt, angefangen, ein bißchen an Codes rumzubasteln und Chromosomen zu zerlegen. Allmählich waren seine Arbeiten ehrgeiziger geworden. Er hatte sich gründlicher mit dem Klonen und der genetischen Manipulation von Haustieren befaßt: mit Mäusen, Ratten, Katzen, Hunden und schließlich auch mit Kühen. Mehr Fleisch, mehr Milch … das war ihm zu langweilig geworden. Daraufhin hatte er die Idee gehabt, ihr Erscheinungsbild komplett zu verändern. Er hatte gründlich nachgedacht und war zu dem Schluß gekommen, am witzigsten, am interessantesten »aus kommerzieller Sicht« wäre es, ihnen das Aussehen hübscher junger Mädchen zu verleihen (er betonte, daß langfristig im Katalog verschiedene körperliche Optionen verfügbar sein sollten). Diese Form versprach, sowohl den Profi (den Züchter, der es leid war, ständig die gleichen Kühe auf seinen Wiesen zu sehen – warum also nicht junge Mädchen, auch sie milchgebend, auch sie fleischig?) als auch den Amateur (den Junggesellen, den Polygamen, den Sammler …) zu interessieren.

Bisher gab es erst einen Prototypen, und er konnte als Initiator des Projekts die ersten Tests nicht zu Ende führen.

»Verstehen Sie«, hatte er gesagt, »ich kenne ihren Vater und ihre Mutter. Tief in mir drin weiß ich genau, daß sie eine Kuh ist. Ich kenne ihre Chromosomen in- und auswendig. Ich könnte nie so natürlich sein, wie es erforderlich ist. Während Sie in gewisser Weise unberührt sind. Für Sie ist diese Kuh trotz allem und hauptsächlich ein junges Mädchen. Genau das brauche ich, einen wie Sie, der mit ihr lebt, um zu sehen, ob alles gut läuft. Alles, was ich von Ihnen verlange, ist, daß Sie sie drei Monate behalten und sie mir dann zurückbringen. Sind Sie einverstanden?«

Henry hatte das hübsche Mädchen angesehen und die Augen niedergeschlagen. Er sei einverstanden, hatte er gesagt. Der Chirurg hatte zufrieden gewirkt. Als er ihn zum Auto begleitet hatte, hatte er dem Mädchen, das sich nur widerwillig auf den Rücksitz gesetzt hatte, eine Ohrfeige verpasst.

»Seien Sie nicht zu zimperlich. Sie ist eine Kuh.«

Wieder zu Hause rief Henry bei der Arbeit an, um Bescheid zu sagen, daß er die paar Tage Urlaub nehmen wollte, die ihm noch zustanden. Er beobachtete das Mädchen, das zwischen dem Sessel und dem Fernseher hin und her lief. Sie war wirklich ausgesprochen hübsch. Er hatte noch nie so ein hübsches Mädchen in seiner Wohnung gehabt. Er trat näher an sie heran und streckte die Hand aus, um ihr über die Haare zu streichen. Sie wich zurück. Der Chirurg hatte sie bestimmt schon oft geschlagen.

3

Das Mädchen war zurückgewichen, als er ihr über die Haare streichen wollte. Sie hatte sich in eine Zimmerecke gesetzt und sah Henry nun ängstlich an.

»Keine Angst, keine Angst, ich tu dir nichts«, sagte er und streckte ihr die Hand hin. Aber der sanfte und freundliche Ton, den er dabei angenommen hatte, der Ton eines kleinen Bruders, der zu einer kleinen Schwester spricht, änderte nichts. Das Mädchen zitterte, stöhnte und drückte den Kopf fest an die Wand. Da hatte Henry eine Idee. Er ging in die Küche und kam mit einem Stück Zucker zurück. Ganz langsam, das Stück Zukker auf dem Handteller, ging er auf sie zu. Henry sagte: »Ganz ruhig, hier, siehst du, ich bin ganz lieb.« Das Mädchen stöhnte noch einmal, fragend diesmal, begleitet von einem interessierten Schnüffeln. Sie warf Henry einen Blick zu, sah dann auf den Zucker, der nur noch wenige Zentimeter von ihrem Gesicht entfernt war. Sie beugte sich vor, drehte dabei leicht den Kopf und nahm den Zucker mit den Lippen auf.

Henry sah zu, wie sie den Zucker kaute. Sie gefiel ihm immer besser. Der Kontakt ihres Mundes mit seinem Handteller war von erstaunlich samtener Zartheit gewesen und hatte ihm eine Gänsehaut beschert. »Das ist lecker, was?« hatte er gesagt. »Zukker magst du wohl gern.« Das Mädchen kam etwas näher und betrachtete Henrys leere Hände. »Willst du noch mehr?« fragte er. Er ging wieder in die Küche und kam mit einer Handvoll Zuckerstücken zurück. Das Mädchen hatte sich mitten ins

Wohnzimmer gestellt und wackelte aufgeregt, als sie sah, was er ihr brachte. Er setzte sich auf das Sofa: »Komm her, setz dich, komm. Ich hab ganz viel Zucker für dich.« Das Mädchen kam näher und setzte sich neben ihn. Er hielt ihr ein neues Stück Zucker hin. Noch einmal beugte sie sich darüber, um es aufzunehmen. »Was für ein Mund«, dachte er, »was für ein herrlicher Mund.«

Das Mädchen aß den Zucker und sabberte ein wenig dabei. Es saß völlig aufrecht und fixierte die Wand. Henry streckte die Hand aus, um ihm über die Haare zu streichen, das Mädchen sah ihn einen Moment lang an, versenkte sich dann aber erneut in die Betrachtung der Wand. »Was für Haare!« dachte Henry. Das Mädchen könnte in einem Werbespot für Oil of Olaz auftreten. Er streichelte ihr das Gesicht und den Hals und hielt ihr ein neues Stück Zucker hin. Henry strich ihr mit der Hand über die Brust, dann über den Oberschenkel und überlegte, daß er sich wohler fühlen würde, wenn er ihr einen Namen gab. Er dachte an Catherine, an Natascha, vielleicht eher einen sexy amerikanischen Namen? Sharon, Kate, Beverly, aber er fand, daß das nicht paßte. Er brauchte etwas Netteres, etwas Naiveres. Er kam auf Magali. Magali war gut. Magali paßte bestens. Er sagte: »Was bist du hübsch, Magali, du bist so schön wie eine … Blume.« Der Gedanke, daß sein pflanzlicher Vergleich ziemlich daneben war, schoß ihm für eine Sekunde durch den Kopf, dann erinnerte er sich daran, daß er es mit einer Kuh zu tun hatte. Einer Kuh mit tollen Kurven zwar, aber doch einer Kuh. Die Erinnerung daran nahm ihm die Hemmungen, und während Magali zum x-ten Mal ein Stück Zucker aß, ging Henry vor ihr auf die Knie und fing an, ihr etwas altmodisches Kostüm aufzuknöpfen. Es war nicht einfach, sie half ihm überhaupt nicht, aber zum Schluß schaffte er es doch.

Der Chirurg hatte ihr angezogen, was vor dreißig Jahren als »sexy Ensemble« gegolten haben dürfte. Schwarze Spitzenwäsche, die Henry ihr mühsam auszog. Magali saß vollkommen nackt auf dem Sofa, und die Anwesenheit dieses unendlich hübschen Mädchens in seiner Wohnung vermittelte Henry das Gefühl, als injizierte man ihm Salzsäure in die Adern. Eine nahezu schmerzliche Zärtlichkeit flammte in ihm auf, er nahm Magalis Hand und versuchte, das Mädchen ins Schlafzimmer zu ziehen. Etwas im Instinkt der Kuh leistete Widerstand. Henry sagte mit einer Stimme, die er an sich selbst nicht kannte: »Komm schon, was ist, komm jetzt …« Magali kauerte sich auf dem Sofa zusammen. Henry spürte, wie der Frust in seinem Kopf Wasserhähne voll schlechter Laune aufdrehte, und er erinnerte sich daran, was ihm der Chirurg gesagt hatte, von wegen ruhig streng zu sein. Er ohrfeigte Magali, die stöhnte und noch tiefer in den Sessel sank, und sogleich machte er sich Vorwürfe. Scheiße! Es war nicht seine Art, Leute zu ohrfeigen. Er beugte sich über sie und sagte: »Entschuldige, das wollte ich nicht.« Er umarmte ihren Kopf, ihren Hals, seine Hand streichelte ihre Brüste und ihren Bauch. Es war herrlich. Mechanisch hielt er ihr ein neues Stück Zucker hin, aber sie wollte es nicht. Henry hatte seinen Reißverschluss aufgemacht und sein Ding herausgeholt. Er wußte nicht, ob Magali sich wehren würde oder nicht, er drückte seinen Ellbogen gegen sie, damit sie sich nicht zu sehr bewegen konnte, und wiederholte fortwährend: »Bitte, bitte …«

Es war später Nachmittag. Der Verkehr auf der Straße wurde immer dichter. Das dumpfe Brummen der Autoschlangen erfüllte die Wohnung. Henry stand auf, er betrachtete Magali und gab ihr ein Stück Zucker, das sie annahm. Er fühlte sich schlecht, er fühlte sich wie ein SS-Offizier, dem gerade die wahre Natur Nazi-Deutschlands bewußt geworden war. Er fragte: »Willst du duschen?« Magali antwortete nicht. Sie stand auf, urinierte lange auf den Fußboden und kehrte in die Zimmerecke zurück, wo sie sich gegen die Wand lehnte und einschlief.

4

Die Tage vergingen, und Henry mußte wieder zur Arbeit. Es war ihm nicht leichtgefallen, sich an die Anwesenheit des Mädchens, na ja, der Kuh, sagen wir Magalis, zu gewöhnen. Nach dem Vorfall auf dem Sofa nistete sich eine seltsam ungute Mischung aus Schuldgefühlen, Scham und Begierde in einer kleinen Hohlkammer dicht am Zentrum seines Herzens ein. Er traute sich nicht mehr, sie zu berühren, er sprach verschämt und sanft zu ihr, was, wie er meinte, die furchtsame Kuh beruhigen würde. Er kümmerte sich rührend um sie, badete sie jeden Abend ausgiebig (nachdem sie anfangs unruhig gewesen war, fand sie Gefallen daran und verließ das Wasser erst, wenn sie ein Stück Zucker zur Belohnung bekam). Da sie ihre Schließmuskeln nicht kontrollierte, ließ er sie nackt oder zog ihr, wenn es kalt war, eine Trainingsjacke an. Am Morgen führte er sie in die Küche, deren Boden er mit Zeitungspapier ausgelegt hatte und in deren Ecke ein großer grüner Eimer mit Futter stand. Wenn er nach Hause kam, rief er: »Ich bin's! Ich bin wieder da!« Er machte die Küchentür auf und fand Magali schlafend oder wiederkäuend vor. Während er die Küche putzte und einen Müllsack mit den verschmutzten Zeitungsseiten füllte, durfte sie durch die Wohnung spazieren. Aus Gewohnheit ging sie meistens von sich aus ins Badezimmer und wartete dort auf ihn. Er ließ das Badewasser einlaufen und erzählte ihr von seinem Tag, dann ließ er sie in die Wanne steigen und wusch ihr die Haare und den Körper mit einem schäumenden Duschgel,

Two-in-one, mit Johannisbeerduft, das ihr in Henrys Augen eine zarte Haut verlieh. Er trocknete sie mit einem großen Badetuch ab, das er auf dem Heizkörper angewärmt hatte, bürstete ihr vorsichtig die Zähne und rieb ihr Gesicht mit einer Feuchtigkeitscreme ein. Dann schaltete Henry den Fernseher ein, sah sich die Nachrichten und einen Film an. Magali kam und ging, sah aus dem Fenster unwichtigen Dingen zu, trank aus der Spüle in der Küche, wo er immer frisches Wasser für sie stehen hatte. Henry hoffte häufig, daß sie sich zu ihm aufs Sofa setzen, daß sie bei ihm etwas Wärme suchen würde, aber sie schien keinen Bedarf zu haben.

Gespeist mit dem regelmäßigen Anblick von Magalis nacktem Körper und der brennenden Lust, die keinerlei Beruhigung erfuhr, wurde Henrys Universum von Tag zu Tag mehr von einer krebsartigen Traurigkeit befallen. Die Zeit verging, und er wurde mutiger. Er traute sich jetzt, Magali zu streicheln, bei Brust und Po zu verweilen. Er bestellte und las zwei oder drei Sachbücher über Kühe, aber keins davon sprach die psychologischen Aspekte des Tiers an. Vielleicht gab es bei einer Kuh letztlich weder Intelligenz noch Bewußtsein oder Psychologie. Henry versuchte, Magali an seine eigene Nacktheit zu gewöhnen, und fing an, zu Hause nackt zu leben, wobei er das Mädchen bei jeder Gelegenheit, die ihnen das tägliche Leben bot, berührte, in der Hoffnung, dadurch bei ihr das Äquivalent einer menschlichen Lust auszulösen. Nichts geschah, aber trotz des riesigen Frustbergs, der ihm den Magen zerquetschte, konnte sich Henry nicht mit der Vorstellung anfreunden, daß einzig eine weitere Vergewaltigung ihm die Möglichkeit böte, mit der Kuh eine intimere Beziehung zu haben. Am Abend schob er sie manchmal sanft ins Schlafzimmer und setzte sie auf sein Bett. Dann massierte er ihr lange den Rücken und machte ihr Komplimente über die Feinporigkeit ihrer Haut oder ihre schön geformten Schultern, in der Annahme, sie würde diese Stimme und diese Gesten am Ende als angenehm empfinden. Doch wie schon die leichten Berührungen im Vorbeigehen lösten die Massagen und Komplimente bei Magali anscheinend nur eine unendliche Gleichgültigkeit aus.

Als letzten Ausweg versuchte Henry sogar, mit ihr zusammen zu baden, aber in dem sich abkühlenden Wasser, in dem er zehn Minuten lang mariniert hatte, scheiterte er erneut. Er sagte: »Ich kann nicht mehr, du machst mich verrückt.« Er hatte die Schnauze voll, er war es leid, nett zu sein, leid, sanft zu reden. Er sagte noch einmal: »Ich mache tausend Sachen für dich, und was hab ich von dir?« Wenn er noch eine Minute mit ihr im Badezimmer blieb, könnte es ein übles Ende nehmen, stellte er fest. Er verließ das Zimmer und ließ sie in der Wanne sitzen, ohne ihr die Haare zu bürsten, ohne ihr die Zähne zu putzen, ohne ihr Feuchtigkeitscreme aufzutragen. Er ging zu Bett. Er hatte Einschlafschwierigkeiten. Er war wütend.

Am nächsten Morgen fand er das Mädchen schlafend auf dem Badezimmerboden, er war genervt. Er schubste sie in die Küche, sagte: »Los, mach schon!« und ging zur Arbeit. Bei seiner Rückkehr am Abend machte er die Tür zur Küche auf, um sie durch die Wohnung laufen zu lassen, aber er hatte keine Lust mehr, freundlich zu sein. Ja, er schmollte, ja, er war schlecht gelaunt, und wer war schuld? Magali ging ins Badezimmer, aber er hatte keine Lust, sie zu baden, er hatte keine Lust, sie zu sehen. Sie löste sowieso nichts mehr in ihm aus. Er sagte: »Was ist? Auf was wartest du hier?« Und er scheuchte sie aus dem Badezimmer.

Er war jetzt gemein. Das Mädchen in seiner Wohnung nervte ihn in höchstem Maße. Er kümmerte sich fast überhaupt nicht mehr um sie. Nur um Futter, Wasser und Zeitungspapier. Er rief ein- oder zweimal den Chirurgen an und fragte, ob er das Mädchen nicht früher als vorgesehen zurückbringen könne, aber dieser antwortete, es wäre ihm lieber, der Test ginge bis zum Ende der drei Monate. Henry fügte sich. Er schimpfte. Noch über einen Monat.

5

Die folgenden Wochen waren düstere und traurige Wochen in Henrys düsterem und traurigem Leben. Er hatte in bezug auf Magali und auf die Liebe im allgemeinen jegliche Hoffnung aufgegeben. Es wurde immer früher dunkel, es wurde immer kälter, es war Winter, und Weihnachten wurde zu einer weiteren Prüfung. Allein zu Hause mit der Kuh, die an ihrem Futter vom Vorabend schnüffelte. Er trank, wachte krank auf, scheuchte das Mädchen noch einmal aus dem Badezimmer, indem er es beleidigte: »Ich hab die Schnauze voll von dir, bis oben voll.« Sie zog sich in die Küche zurück. Henry seinerseits blieb im Wohnzimmer. Draußen bewegte sich eine große Menge von mit Torten, Kuchen, Geschenken, plärrenden Kindern und jämmerlichen Sorgen beladenen Armen in kleinen Schritten durch das Grau des 25. Dezember. Er schüttelte den Kopf, er verachtete sie, er verachtete sich, das Leben war eine Sackgasse, in der man sich jahrhundertelang den Kopf stoßen konnte. Er holte sich ein Stück Brot aus der Küche. Magali sah ihn eintreten und wieder gehen, aber er sagte nichts. Er hatte die Schnauze voll von dem Dreck in seiner Küche, er hatte die Schnauze voll von dem Gestank, er dachte daran, daß er irgendwann alles gründlich putzen müsste, aber er hatte nicht die Kraft dazu.

Er verbrachte den Tag mit Nichtstun. Ein bißchen fernsehen, rasieren, der Versuch, ein Mittagsschläfchen zu halten. Nichts gelang ihm. Er nahm sich ein paar Aktenordner von Kunden vor und fing an, die positiven Zahlen mit Grün, die negativen Zahlen mit Rot zu unterstreichen. Eine nette Arbeit, ordentliche Arbeit. Mit der Zufriedenheit, gut gearbeitet zu haben, stand er wieder auf. Er fühlte sich etwas besser, am Horizont der Ereignisse seines Leben gab es vielleicht doch so etwas wie ein wenig Sinn. Er kehrte in die Küche zurück und holte sich ein Stück Brot. Magali hatte sich ans Fenster gestellt und starrte auf den winterlichen Nebel. Das gelbe Licht einer Straßenlaterne erhellte ihr Gesicht. Irgend etwas stimmte nicht, vielleicht der glänzende Widerschein auf der Wange des Mädchens. Er trat etwas näher und sah dicke Tropfen, die über die Haut kullerten und eine nach der anderen auf dem Fliesenboden zerbarsten. Sie weinte.

Epilog

Ein paar Tage später brachte Henry die Kuh zu dem Chirurgen zurück. Er erachtete es nicht für notwendig, sich über das Kapitel mit den Tränen auszulassen, und behielt es für sich. Der Chirurg schlug die Kuh, um sie in ihre Box zu bugsieren.

»Ich denke, daß man das Problem mit der Sauberkeit lösen müßte«, sagte er. »Ein Mädchen wie sie ist für einen Privatmann noch zu schwierig.«

Henry hatte zugestimmt und gefragt, was aus der hier werden sollte.

»Die hier, na ja, die gibt keine Milch, aber das Fleisch ist gut. Ich habe ein Abkommen mit ein paar Schlachtern.«

Der Chirurg führte seine Geschäfte nicht schlecht, fand Henry.

Der Bär, der Kuckuck, die Hornisse, der Laubfrosch

Die Größe

Der äußerst achtbare und ehrwürdige Moon Joon jr., mit seiner Weisheit hoch fünf, Großrechner von Yin und Yang, Sohn des Hasen und Bruder des Schweins, Cousin des Fischotters, Neffe der Schlange und Vater des Drachens, hatte ihm alles über den Schmerz beigebracht. Seit seinem Eintritt in die »Schule der Welle, die von den Bergen kommt und sich wieder zurückzieht« hatte er ihm jeden Muskel zerrissen, jedes Gelenk verdreht, jeden Knochen gebrochen, die Haut durchbohrt, die Augen verbrannt, die Nägel ausgerissen, die Hoden mit Elektroschocks bearbeitet, den Unterleib durchbohrt und die Wirbel einen nach dem anderen wie verfluchte Dominosteine verschoben. Bruce hatte alles mit dem eisigen Phlegma über sich ergehen lassen, das später seinen Ruf begründen sollte.

Mit seinen Filmen, mit seinem Wütende-junge-Katze-Stil, mit seinem hübschen Gesichtchen gleich einer Grafik der F'hang-Dynastie (gerade Nase, schulterlange Haare, drei vertikale Falten zwischen den Augen, die ihn konzentriert leidend aussehen ließen) hatte er mehr Geld angehäuft, als er jemals gehofft hatte. Genug Geld, um, ohne zu schwitzen, siebenstellige Schecks auszustellen, genug Geld, daß man ihn in der Banque Nationale d'Investissement (BNI, 100–150 av. Hans-Joachim de Bavière, 2568 Genf) mit Bücklingen empfing, und vor allem genug Geld, um Kate zu heiraten, ein herrliches Exemplar von einer Amerikanerin (vierundzwanzig, nougatfarbenes Haar, die sprühenden Augen eines Springbocks, 175 Zentimeter, 50 Kilo, die vor dem Frühstück auf einem weißlackierten Steinway-Flügel Bach spielte, John Keats im Original zitierte, Marktanalytikerin, die das Diplom in zwei Jahren an der UCLA erlangte). Kurz und gut, Bruce, der seinen Körper jahrelang in alle Richtungen verbogen und seinen Organismus den schlimmsten Zwängen unterworfen hatte, lebte zur Zeit in einer Welt voll Luxus und Komfort, bestehend aus Kräuterschaumbädern, Bettlaken aus Wildseide, mondänen Abendgesellschaften, geflüsterten Liebesworten vor seinem Panoramafenster, ein Glas Cosmopolitan (sechs zerstoßene Eiswürfel – 4,5 cl Wodka – 2,5 cl Cointreau – 4,5 cl Preiselbeersaft – Saft einer halben Limette) für ihn und ein Silk Stocking (Kakaopulver – 3,5 cl Tequila – 3,5 cl farbloser Kakaolikör – 10 cl flüssige Crème fraîche – 2 Löffel Granatapfelsirup – 4 oder 5 Eiswürfel) für Kate. Über Los Angeles zeigte er ihr die Sterne, führte sie in die Geheimnisse der chinesischen Astrologie ein (den Stern der Laus, den weißen Wirbel des Kranichs, das fahle Auge des Tintenfischs ...), sie erzählte ihm von der amerikanischen Kultur, dem tiefen Sound einer Harley-Davidson Knight Spirit 1967, dem magnetischen Charme eines Colt 357 Magnum, von Ron L. Hubbard, von dem sie pausenlos *Die Entdeckung des Wachstums der Lebensenergie beim Homo sapiens* las.

Kate hatte ihm zwei wunderschöne Kinder geschenkt, die das Wertvollste waren, was er besaß. Das erste Kind war ein Junge von neun Jahren, den er scherzhaft »Kleiner Schlingel« nannte, das zweite war ein Mädchen von sieben Jahren, er nannte sie »Schätzchen«. Kleiner Schlingel hatte von seinem Vater die katzenhaften Augen und den anmutigen Körper geerbt, von seiner Mutter jedoch die honigsüße amerikanische Seele, weshalb er seine Action Men aus Plastik dem Jadeanhänger vorzog, den

Bruce ihm einmal aus Hongkong mitgebracht hatte. Das Schätzchen hingegen war das genaue Gegenteil. Sie hatte den verwöhnten Körper ihrer Mutter, hatte ihr Barbie-im-Zauberhaus-Gesicht geerbt, von ihrem Vater jedoch den zähen Willen, die messerscharfe Intelligenz, die jene, die sie nicht kannten, bisweilen glauben ließ, sie hätte einen miesen Charakter, wobei es sich in Wirklichkeit nur um das handelte, was ihr Vater »den Schnüffelgeist der alten Zeiten« nannte, »als die chinesischen Dynastien noch über das Universum herrschten«.

Die Inkarnation des Bösen

Tausende von Kilometern von Bruce' samtweichem Heim entfernt, den Geldgeruch von Lees Familie in der Nase, hatten die vier Prioren der vier Triaden (der Triade Alte Erde unter dem Schutz des Kuckucks, der Triade Wogendes Meer unter dem Schutz der Hornisse, der Triade Brennende Lüfte unter dem Schutz des Bären und der Triade Beständiges Feuer unter dem Schutz des Laubfroschs), was selten genug geschah, zum gleichen Zeitpunkt die gleiche Idee.

Es war am 13. Oktober gegen 19 Uhr. Eine erstaunliche Mars-Merkur-Pluto-Konjunktion am Himmel hüllte die Erde in ein mächtiges elektromagnetisches Feld. In der Bucht von Su Hi, dem Geburtsort von Alter Hirsch, Prior der Triade Beständiges Feuer unter dem Schutz des Laubfroschs, herrschte Springflut. Das Wasser drang über die Holzbrücke, vor der Tür des Waffenhändlers wurden schwarze Algen angespült. Auf dem Bergkamm Yi Ho, Geburtsort von Humpelndes Rind, Prior der Triade Alte Erde unter dem Schutz des Kuckucks, brachte ein seltsames geologisches Phänomen den Felsen dazu, sich zu öffnen, womit die Zufahrtsstraße zum Haus der Masseurinnen und zu dem kleinen Hotel, in dem sich die öffentlichen Bäder befanden, abgeschnitten wurde. In dem fruchtbaren Tal von Sa Po, dem Geburtsort von Scheißefressende Spinne, Prior der Triade Wogendes Meer unter dem Schutz der Hornisse, kamen gut fünfzig Paviane in der Nacht, vernichteten die Reisernte und urinierten vor dem Fenster der Volkskreditbank. Und schließlich brach im Herzen des Waldes von Si Yu, dem Geburtsort von Lachendem Emu, Prior der Triade Brennende Lüfte unter dem Schutz des Bären, am Fuß einer fünf mal hundertjährigen Eiche ein Feuer aus, erreichte innerhalb von einem Tag die Wohngebiete, zerstörte das Restaurant und das Haus der Näherinnen.

So kam es also, daß sich unter dem Einfluß der schlechten Stimmung, unter dem irritierenden Einfluß der Planetenkonjunktion und im Anschluß an die Ausstrahlung des Films auf Kanal TRI Humpelndes Rind, Alter Hirsch, Scheißefressende Spinne und Lachender Emu sagten, es sei höchste Zeit, daß der junge Mann, der gerade in die Vereinigten Staaten emigriert war und dort ein Leben führte, das kaum weniger luxuriös war als das eines mandschurischen Kaisers, sie an seinem Vermögen teilhaben ließ.

Die Versuchung

Der erste, der einen Versuch wagte, war Scheißefressende Spinne, Prior der Triade Wogendes Meer unter dem Schutz der Hornisse.

Scheißefressende Spinne war ein alter Mann mit runzliger Haut, viel brauner als die meisten Chinesen, sehr vergnügt, äußerst freundlich zu seinen zahlreichen Enkelkindern und bekannt für seine grenzenlose Grausamkeit gegenüber seinen Feinden. Er schickte sechs seiner besten Männer aus, sich den Schauspieler zu Hause vorzuknöpfen. Sie nahmen alle dieselbe Maschine, einen Direktflug von Hongkong nach Los Angeles, und passierten den Zoll, indem sie sich für eine Gruppe chinesischer Mechaniker ausgaben, die gekommen waren, um an amerikanischen Limousinen ihr Metier zu erlernen. Sie logierten in den Mansardenzimmern eines Restaurants inmitten von Dim-Sun-Paketen, wo sie ihren Aktionsplan ausheckten.

Kaum war die Nacht hereingebrochen, hatten die sechs Männer die Seele der Hornisse angerufen, die achtzig traditionellen Gesten zur energetischen Öffnung hinter sich gebracht, da glitten sie wie ebenso viele sterbliche Insekten durch die Nacht und begaben sich auf die Hügel von Beverly Hills, wo in dieser Nacht ein Nordostwind wehte, ein gutes Omen. Sie umgingen das Alarmsystem, indem sie durch das Panoramafenster, das einen Spaltbreit offenstand, ins Wohnzimmer eindrangen, und stiegen, ohne den geringsten Laut von sich zu geben, unter den undurchdringlichen Blicken der Reproduktionen italienischer Meister der Renaissance, die Kate mit Gouachefarbe nachzumalen versucht hatte, in den ersten Stock. Noch leiser betraten sie das eheliche Schlafzimmer, das Paar schlief in satinblauen Laken, in der Luft hing sanfter Moschusgeruch vom Cerruti-Schaumbad der jungen Frau. Einer der sechs Männer härtete allein durch mentale Kraft seine Handknorpel so, daß sie kleinen Kieselsteinen ähnelten, und schlug einmal kräftig auf Bruce' wehrlosen Nacken.

Der Luftzug weckte Kate, die sich abrupt aufrichtete. Drei Männer umringten sie, einer von ihnen hielt ihr eine Klinge an den Hals und flüsterte ihr ins Ohr: »Wir haben deinen Sohn. Wenn du ihn wiedersehen willst, muß uns dein Mann dreiunddreißig Prozent seiner Einkünfte vor Steuern überlassen. Verstehst du? Dreiunddreißig Prozent!«

Phlegma

Bruce rief nicht die Polizei. Chinesische Geschäfte regelte man unter Chinesen. Unter dem Einfluß des Schmerzes und der Erregung schlossen sich infolge des jahrelangen Trainings, das darauf gezielt hatte, alle Arten von Schmerz auszuhalten, seine Synapsen wie Miesmuscheln in einer Zuchtstation, die von der Ankunft eines Krebses gestört wurden. Er beschloß, sich der Erpressung nicht zu beugen, in seinem Wohnzimmer sitzen zu bleiben und abzuwarten. Kate war vollkommen hysterisch: »Scheiße Mann! Was machst du da? Sie tun ihm vielleicht weh, Scheiße! Das halt ich nicht aus ...«

Das Paar erhielt einen ersten Anruf, ein R-Gespräch, in dem sie von einem Mann aufgefordert wurden, um jeden Preis zu zahlen. Ein paar Tage vergingen, bevor sie bei einem zweiten Telefonanruf den Kleinen Schlingel hören konnten, der mit weinerlicher Stimme sagte, daß man »nicht lieb« zu ihm sei und daß er »nach Hause« wolle.

Bruce rührte sich nicht von der Stelle, blieb in seinem Sessel im Wohnzimmer sitzen und machte ein paar Atemübungen, um seinen Herzrhythmus zu verlangsamen. Es vergingen weitere Tage, in denen Kate unaufhörlich weinte, und sie erhielten in einem kleinen Ohropax-Döschen einen Finger des Kleinen Schlingels. Bruce rührte sich nicht, Finger hin oder her, er schaffte es, den Schmerz ganz tief in einem Loch in der Mitte seines

Herzens zu vergraben. Zehn Tage lang hörten sie nichts. Kate verlor sechs Kilo, schlief dank Lexotan, das ihr der Hausarzt der Familie verschrieben hatte, alles in allem sechs Stunden. Bruce hingegen blieb undurchdringlich, mit glattem Gesicht, glänzenden Haaren, angespannten Muskeln. Sie erhielten den Kopf ihres Kindes per DHL, in einer großen Tupperschüssel, in Alufolie eingewickelt. Kate brüllte.

Sie brüllte drei Tage lang ununterbrochen, sagte dann zu Bruce, sie würde verrückt werden, das könne sie spüren, sie würde es nicht länger aushalten. Bruce sagte zu ihr, sie müsse stark sein, für ihn, für sie alle, für das Schätzchen, sagte, daß die tiefsten Wunden eines Tages verheilten, daß er sie künftig beschützen wolle, daß der Kleine Schlingel sie von dort, wo er war, bestimmt sehen konnte und hoffte, es ginge ihnen gut. Der Hausarzt der Familie verschrieb Xanax, und langsam versuchte das Ehepaar Lee, sich zu erholen.

Beharrlichkeit

Der zweite, der einen Versuch wagte, war Alter Hirsch, Prior der Triade Beständiges Feuer unter dem Schutz des Laubfroschs. Alter Hirsch hatte sich seinem Alter zum Trotz eine beeindruckende Muskulatur und eine außergewöhnliche Kraft bewahrt. Es ging das Gerücht, er verdanke seine Gesundheit einem Zaubertrank aus Walfischeierstöcken. Das war durchaus denkbar. Wie dem auch sei, in einem Alter von beinahe einhundertdrei Jahren war er noch immer in der Lage, Colaflaschen mit den Zähnen aufzumachen oder Stahlrohre von einem Zentimeter Durchmesser zu verbiegen.

Er schickte seinen eigenen Sohn. Einen winzigen und ziemlich hässlichen Mann, dem er nicht einmal einen Namen gegeben hatte, den er auf der blanken Erde schlafen ließ, den er jeden Tag schlug, um ihn abzuhärten, den er so oft wie möglich beleidigte, um seinen Haß zu schüren, und den er von den besten Meistern der subtilen Kunst des unauffälligen Mordens hatte ausbilden lassen. Kurzum, der Sohn von Alter Hirsch, der Namenlose, dessen Gemüt ein Flammenmeer aus Haßgefühlen war, kam am Flughafen von Los Angeles unter der falschen Identität eines Rechnungsprüfers an, wild entschlossen, Bruce dazu zu bringen, daß er dreiunddreißig Prozent seiner Einkünfte vor Steuern ausspuckte.

Der Namenlose errichtete sein Stabsquartier in dem feuchten Spalt eines Pfeilers des Autobahnzubringers. Er brauchte keine

Wärme, brauchte keinen Komfort, ernährte sich von Kräutern, trank Regenwasser und wartete, ähnlich einer Bakterie in afrikanischem Sumpfgebiet, auf seine Stunde. Er konzentrierte sich zwei Tage lang, ignorierte den Autolärm über seinem Kopf, ignorierte die Ratten, die ihm über das Gesicht liefen, und machte sich, als er sich dazu bereit fühlte, auf den Weg zur Villa der Lees.

Es war Nachmittag, ein Wind, der von der Wüste herüberkam, wehte über der Stadt wie ein Haartrockner, der Dow-Jones-Index beklagte einen leichten Rückgang, der Nikkei-Index in Tokio ging im Sturzflug nach unten, der CAC40 in Paris behauptete sich allem zum Trotz. Das alles kratzte den Namenlosen so wenig wie seine erste Strangulation. Vor Ort angekommen, bezog er hinter einem Wacholderstrauch Stellung, von wo er durch das Panoramafenster hindurch das Ehepaar im Wohnzimmer kommen und gehen sah. Der Namenlose stählte seine Seele, bis sie härter und kälter als ein Stück Polareis war, und ging um das Haus herum, um sich unter dem Schlafzimmerfenster des Schätzchens aufzustellen. Dort polte der Namenlose seine elektro-neuronale Strömung um, veränderte vorübergehend die Molekularstruktur seiner Leber, so daß aus dieser eine kleine antigravitationale Einheit wurde, und schaffte es, dank des mehrtausendjährigen Phänomens der Levitation, ins Obergeschoß aufzusteigen.

Der leichte Luftzug, den der Namenlose auslöste, setzte im Kopf des Schätzchens ein Alarmsystem in Gang, woraufhin sie sich im Bett aufrichtete. Sie hatte geschlafen, sie hatte während ihres Mittagsschlafs Alpträume gehabt, hatte von abgetrennten Köpfen und Tigern geträumt. Erst, als sie aufstehen wollte, sah sie ihn vor sich stehen, klein und häßlich, die Arme schon ausgestreckt, um sie zu packen.

Mutterliebe

Bruce mußte mit Kate sehr streng sein. Sie hatte geschrien: »Meine Tochter, mein Töchterchen, sie haben mein Töchterchen. Du mußt zahlen. Ich will nicht, daß sie ihr etwas antun, ich will nicht, daß sie ihr etwas antun. Ich will, daß sie zurückkommt, bitte, tu was!« Bruce hatte einen Sack Steine an der Stelle seines Gehirns, seine Gefühle waren vor Kälte erstarrt. Er hatte sich die Regel aufgesagt, die Moon Joon jr. ihm beigebracht hatte: »Der Schmerz, ob körperlich oder geistig, ist dein größter Feind.« Und er war auf dem großen Sessel im Wohnzimmer sitzen geblieben, hielt den Blick starr auf eine Staubspur an der weißen Wand gerichtet, seine Ohren filterten die Dezibel der Schreie seiner Frau heraus.

Ein Anruf ließ ihn wissen, daß seine Tochter gefangengehalten wurde und daß er sie nicht eher wiedersehen würde, bis er dreiunddreißig Prozent seiner Einkünfte vor Steuern gezahlt habe.

Bruce sagte nein, kehrte in seinen großen Sessel zurück und richtete seinen Blick erneut auf die Staubspur an der Wand.

Das Ehepaar erhielt per Post ein Foto des Schätzchens, das entsetzt auf etwas außerhalb seines Blickfelds starrte. Bruce fixierte weiterhin die Wand, stärkte weiterhin seinen Geist, indem er Titanbriketts stapelte, und schaffte es, das Bild vom verängstigten Schätzchen vor seinen Augen zu entfernen.

Eine Woche später war Kate nur mehr ein Schatten ihrer selbst. Sie war blaß und abgemagert, ihre Augen waren rot und geschwollen, sie zog sich nicht mehr an, schlurfte in einem schmutzigen Morgenmantel durchs Haus, leerte die Hausbar, kotzte in den Toiletten alle Arten farbiger Flüssigkeiten aus.

In einem DHL-Päckchen erhielten sie das Herz des Schätzchens, eine blutige Masse, die Bruce mühelos identifizierte.

Intuition

Hinkendes Rind wußte, was ihm zu tun blieb. Hinkendes Rind wußte immer, was er zu tun hatte, sein Verstand war kristallklar, er irrte sich nie, sein Intelligenzquotient war dem von Kepler mindestens ebenbürtig, sein Spürsinn war von der Präzision eines Meßinstruments der Quantenmechanik, kurzum, Hinkendes Rind war das reinste Genie.

Bevor er seine Entscheidung fällte, zog er sich in das enge Büro in seinem Haus am Rand des Dorfes zurück, wo er sich in eine tiefe Meditation versenkte, an deren Ende er seine ältere Schwester anrief.

Seine ältere Schwester war so alt, daß sie nur noch wenige Zentimeter weit sah, sie war so alt, daß ihre Gelenke nur noch winzige Bewegungen machen konnten, bevor sie in die Brüche zu gehen drohten, so alt, daß sogar ihre Stimme an eine alte Mono-Aufnahme erinnerte. Dennoch war diese vertrocknete alte Zitrone, diese winzige Frau, der ständig ein Bänderriß drohte, dieses lächerliche Fossil, bereit, zu Staub zu zerfallen, zweifellos der gefährlichste Mensch in Fernost. Daß die Schwester von Hinkendem Rind in einem solchen Maße gefürchtet war, lag daran, daß sie seit vielen Jahren, seit Jahrhunderten fast, die Sprache der Pflanzen gelernt hatte. Sie sprach mit Kletterpflanzen, mit giftigen Blumen, mit Bäumen, mit Gräsern. Sie sprach mit Knospen, die ihr wie wohlerzogene kleine Kinder gehorchten, sie sprach mit Gräsern, die ihr mit der Aufmerksamkeit von Polizeihunden zuhörten, sie konnte den Kirschbäumen sagen, wie sie wachsen sollten, wohin sie ihre Wurzeln strecken sollten, wie viele Früchte sie wann tragen sollten. Tulpen, Begonien, Kornblumen, Klatschmohn, Gänseblümchen, Löwenzahn waren ihre Freundinnen und Vertrauten.

Sie bestieg das Flugzeug, traf in Los Angeles unter der falschen Identität einer Kommunikationsberaterin ein und stieg für drei Tage in einem bequemen Zimmer im Hyatt Regency ab. Es herrschten die ersten Frühlingstage, rings um sich her spürte sie Pollen fliegen und Säfte fließen. Sie ruhte sich aus, machte sich Duftbäder, sah sich im Fernsehen Zeichentrickfilme an, dann, als sie den Zeitpunkt für gekommen hielt, bestellte sie an der Rezeption ein Taxi nach Beverly Hills.

Das Rätsel

Was dann passierte, entzieht sich dem menschlichen Fassungsvermögen komplett. Kate war auf der Terrasse, um auf Verordnung des Hausarztes frische Luft zu schnappen, als sie merkte, wie sich ein unangenehm süßlicher Geruch im Garten ausbreitete. Sie stand auf, sah Bruce durch das Panoramafenster in seinem großen Wohnzimmersessel sitzen, den Blick immer noch starr auf die Wand gerichtet, und lief zu den Rhododendrenbüschen, von wo der Geruch zu kommen schien. Sie ging auf die Knie, der Geruch war jetzt sehr stark und sehr unangenehm. Sie strich mit den Händen über die Blüten vor sich, spürte an den Fingerspitzen ein Kribbeln, ganz leicht, ganz sanft, angenehm. Dieses Kribbeln erfaßte erst ihren Arm, dann ihren ganzen Körper. Die Blüten vor ihren Augen waren nur noch ein einziger orangefarbener Fleck. Sie verlor das Bewußtsein.

Bruce bemerkte Kates Verschwinden erst nach mehreren Stunden. Er war aus seiner Wandkontemplation aufgetaucht, kurz zur Toilette gegangen, und da er sie nirgendwo sah, hatte er ein- oder zweimal »Kate? Kate?« gerufen. Er hatte oben in den Zimmern der toten Kinder nachgeschaut, im Badezimmer: »Kate? Kate?« In der Küche: »Kate? Kate?« Im Wohnzimmer, in der Garage. Nichts. Fußspuren im Garten, denen er bis zu einem unangenehm riechenden Rhododendronbusch folgte. Dort hörten die Schritte auf: »Kate? Kate?« Die Blüten sagten ihm nichts. Er hatte den Eindruck, sie schauten woandershin.

Drei Tage später erhielt er mit der Post eine Videokassette in Betamax-Format. Kate sagte vor einer Backsteinmauer einen Text auf, den sie anscheinend auswendig gelernt hatte: »Du Blödmann«, sagte sie, »wenn du nicht dreiunddreißig Prozent deiner Einkünfte vor Steuern zahlst, werde ich vergewaltigt und zu Tode geprügelt. Dreiunddreißig Prozent deiner Einkünfte vor Steuern.«

Beim Anblick des verzerrten Gesichts seiner Ehefrau spürte Bruce, wie sich tief in ihm drin etwas löste, ein dumpfer, kalter Schmerz, ein bodenloser Abgrund tat sich auf, aus dem die Schreie seiner verlorenen Familie nach oben drangen. Er schaltete den Fernseher aus und stellte sich vor das Panoramafenster. Das Haus war so ruhig wie ein altes ägyptisches Grab. Er hielt einen Moment lang die Augen auf den leeren Himmel gerichtet und stieß einen Schrei aus, der von seinem Magen hochstieg, einen schrecklichen Schrei, einen Schrei, in dem sich alle Arten von Emotionen vermischten, die er nicht verstand, einen Todesschrei und einen Schrei der Traurigkeit. Woraufhin er sich seltsamerweise leer fühlte. Leer, aber besser, und er kehrte auf das Sofa im Wohnzimmer zurück, starrte auf die Wand und dachte von neuem an den äußerst ehrwürdigen und achtbaren Moon Joon jr. und an alle seine Unterrichtsstunden. Allmählich nahm das Etwas, das sich gelöst hatte, wieder seinen Platz ein, der Abgrund schloß sich, die Schreie verstummten.

Eine Woche später erhielt Bruce mit der Post eine weitere Betamax-Kassette, auf der Kate vor einer Backsteinmauer und für die Gesamtdauer von zweihundertvierzig Minuten vergewaltigt und zu Tode geprügelt wurde.

Die Dummheit

Lachender Emu, Prior der Triade Brennende Lüfte unter dem Schutz des Bären, hatte aufmerksam die drei Niederlagen der drei anderen Prioren der drei anderen Triaden beobachtet und daraus Schlußfolgerungen gezogen, von denen er nun Gebrauch machen wollte.

Lachender Emu war der jüngste Prior, und das war auch schon die einzige Qualität, die er vorzuweisen hatte. Er war nicht besonders intelligent, nicht besonders einflußreich und hatte nicht den Hauch von politischem Instinkt. Lachender Emu verfügte folglich über keine der erforderlichen Qualitäten, um Prior einer Triade zu werden, und er hätte sein Leben demzufolge mit dem Ernten von Süßkartoffeln oder dem Pflügen von Reisfeldern verbringen müssen, aber dann hätte man nicht bedacht, daß er in seiner Generation zweifellos der Mann war mit dem größten Glück. Dank einer glücklichen Fügung hatte er sein Dorf verlassen, dank einer glücklichen Fügung war er Prior geworden, dank einer glücklichen Fügung hatte er seine Feinde ausgeschaltet, dank einer glücklichen Fügung hatte er die rund fünfzig organisierten Attentate, die seinem Leben ein Ende setzen sollten, überlebt und dank einer glücklichen Fügung würde er, das wußte er, dessen war er sich sicher, von diesem kleinen nervösen Schwuli Bruce Lee dreiunddreißig Prozent seiner Einkünfte vor Steuern erhalten.

Lachender Emu ging an Bord des ersten Flugzeugs Canton – Los Angeles, wo er den Zoll unter seiner wahren Identität passierte und dank einer glücklichen Fügung keinerlei Argwohn erregte. Er fuhr zum Hotel Hilton, wo er die Ambassador-Suite zum Preis eines Einzelzimmers bekam. Dort duschte er, hörte auf dem hotelinternen Sender ein altes Stück von Sting und begab sich am späten Nachmittag auf den Anhöhen von Beverly Hills zu dem Haus, das einst die heitere Villa der Lees gewesen war, heute jedoch nur mehr ein finsteres Loch.

Dank einer glücklichen Fügung traf Lachender Emu Bruce in einem Zustand halbwegs komatöser Bewußtlosigkeit an, ausgelöst durch die massive Einnahme von Xanax und Lexotan, seinerzeit vom Hausarzt der Familie verschrieben. Lachender Emu schleppte den Körper ins Badezimmer im Obergeschoß, wo er die Handgelenke mit Handschellen an die Füße der Badewanne von Philippe Starck band. Er schickte Bruce einen kräftigen eiskalten Wasserstrahl ins Gesicht und sagte zu ihm: »Wach auf, du Idiot, mach schon, wach auf!« Bruce hustete und schnitt eine Grimasse: »Scheiße, hören Sie auf, hören Sie auf!« Er öffnete die Augen und sah das Gesicht des Priors. Dieser lächelte. Sehr freundlich, als würde er zu einer Katze sprechen, sagte der Prior zu ihm: »Alles, was ich will, sind dreiunddreißig Prozent deiner Einkünfte vor Steuern. Das ist nicht viel, das ist nicht zuviel verlangt, oder? Ein Versprechen genügt mir, du sagst einfach nur: ›Ich verspreche es‹, und ich lasse dich in Ruhe, kapiert?«

Bruce hatte gelernt, allem standzuhalten, den schlimmsten Quälereien, den gemeinsten. Er hatte gelernt, sein Gehirn in Notfällen durch einen Kieselstein zu ersetzen. Fast wider Willen, wie im Reflex, sagte er: »Verpiß dich, du Arsch!«

Das war keine glückliche Fügung für Lachender Emu, ein Fall von kein Glück wie dieser war ihm noch nie untergekommen, das Ganze war dermaßen neu für ihn, daß es ihm fast weh tat, eine saftige Ohrfeige in die Fresse. Er überlegte sich, wenn herauskäme, daß er kein Glück gehabt hatte, könnte das alle seine Pläne über den Haufen werfen, seine Macht, seine Triade, alles. Er mußte diesen Mann kleinkriegen, mußte ihn weicher machen als Naturjoghurt, mußte ihn in eine menschliche Schnekke verwandeln, das würde er tun. Im Arzneimittelschrank fand er Bruce' Wilkinson-Rasiermesser und sagte sich: »Du wirst schon sehen, du Schwein, du wirst schon sehen, dich krieg ich klein.«

In den fünf Minuten, die folgten, und zu seinem großen Erstaunen reagierte Bruce nicht. Lachender Emu fand die Sache verwunderlich, denn wann immer er bisher die Sehnen seiner Feinde durchtrennt hatte, hatten diese angefangen zu schreien, ihn anzuflehen, ihm alles Mögliche zu versprechen.

Das Unglück

In diesem Moment war Bruce' Karriere zu Ende. Weil er künftig unfähig wäre, sich zu bewegen, forderten ihn die Studios auf, sich zu verziehen, seine Identität zu wechseln, umzuziehen. Sie würden es noch auf sich nehmen, sich eine an den Haaren herbeigezogene Legende auszudenken, ihn zu entschädigen, aber sie wollten nie mehr von ihm hören. Allein und humpelnd zog er von einem schicken Hotel ins nächste, wobei die Kosten für die Suiten fast sein ganzes Vermögen aufzehrten. Er versuchte, seinen Seelenfrieden wiederzufinden, und wurde für einige Zeit Mitglied der Scientology Kirche, die Kate so sehr geliebt hatte. Dort raubte man ihm noch mehr von seinem mageren Bankguthaben, und als er nicht mehr imstande war, seine heilenden Saunagänge zu bezahlen, mußte er die Kongregation verlassen. Daraufhin wandte er sich dem Yoga light von Deepak Chopra zu. Er machte in San Diego ein Praktikum und erhielt für seine letzten zweitausend Dollar ein Eignungsdiplom. Er irrte wochenlang durch die Stadt, schlief in Bushaltestellenhäuschen, aß aus den Mülleimern der Fast-Food-Läden, träumte von Kate, dem Kleinen Schlingel und dem Schätzchen, vom verlorenen Glück. Als letzten Ausweg rief er einen entfernten Cousin an, der in Nordfrankreich einen kleinen Elektronikladen führte. Dieser schickte ihm etwas Geld und ein Flugticket.

Nach zehnstündigem Flug fand sich Bruce in einer feuchten grauen Vorortsiedlung wieder, wo er sich in der kleinen Wohnung seines Cousins einquartierte, der ihm nach ein paar Wochen empfahl, sich als Lehrer für Yoga light selbständig zu machen. Er baute die Garage um und band eine Kundschaft aus älteren Damen in Strumpfhosen an sich, dank derer er zur Miete und zu den Nebenkosten beitragen konnte.

Die Jahre vergingen, seine Träume wurden zahlreicher, brutaler, ihre Bilder verfolgten ihn häufig den ganzen Tag. Er spürte, wie ihm das Leben durch die Finger rann, er sah es vorbeiziehen, tat nichts, dachte nichts, war nicht traurig, aber auch nicht freudevoll. Von Zeit zu Zeit wurde einer seiner Filme im Fernsehen gezeigt, aber er erkannte sich nicht wieder. Es war ein anderes Leben. Ein anderes Universum. Es vergingen weitere Jahre, in denen sein Gedächtnis erodierte. Es wurde gewaschen, die Bilder und Stimmen, die ihn heimgesucht hatten, wurden verwischt, es wurde ebenso glatt und makellos rein wie Neuschnee.

In einem verregneten Winter, der kein Ende nehmen wollte, ging er nach einem Yogakurs in seiner Garage hinauf in die Wohnung des Cousins. Die beiden Männer aßen schweigend und räumten den Tisch ab. Bruce kümmerte sich um den Abwasch. Als er ins Wohnzimmer kam, wo der Fernseher ein Spiel der zweiten Liga übertrug, sagte er: »Weißt du, jetzt bin ich glücklich.«

Der Koala

Alles in Ordnung

Es hatte im Flugzeug angefangen, als Fred feststellte, daß er die Gesichter der anderen Geschäftsleute nicht mochte. Es war nicht wie auf einem Flug nach Deutschland oder in die Vereinigten Staaten, wo die Betreffenden wie globale Aristokraten wirkten, mit einer Art »unaufdringlicher Eleganz«, einem Geruch nach Wartesaal der Business Class. Nein, das hier war eine Bande verfluchter Neureicher, die den Eindruck erweckten, es noch immer nicht fassen zu können, daß sie in so kurzer Zeit so viel Knete verdient hatten. Sie kleideten sich wie Bauerntölpel, sie tranken wie Bauerntölpel, und wie Bauerntölpel machten sie die Stewardessen an.

Am Flughafen war es weitergegangen, das Wetter war schrecklich, halb Schnee, halb Regen, einförmig grau. Die Typen mit den orangefarbenen Kopfhörern, die den Flugzeugverkehr auf dem Asphalt regelten, sahen aus, als ließe sie das völlig kalt, ein Zeichen dafür, daß sie an ein beschissenes Klima gewöhnt waren, Zeichen dafür, daß dieser eisige Regen tagelang anhalten könnte. Fred hatte in der Schlange zur Paßkontrolle sein Handy eingeschaltet und versucht, zu Hause anzurufen. Sein Sohn hustete seit Tagen, seine Frau zog ein langes Gesicht, weil er »schon wieder unterwegs« war und weil er sich »von der Arbeit auffressen« ließ. Kein Empfang. Er versuchte es zwei-, dreimal und fluchte über die angebliche Triband-Technologie, dann war er an der Reihe. Eine Frau in Uniform betrachtete argwöhnisch seinen Paß, betrachtete sein Gesicht. Er fand sie eher häßlich, sie wirkte müde. Brutal drückte sie den Stempel auf eine zufällig aufgeschlagene Seite und winkte ihn wortlos durch.

Fred mochte dieses Land nicht, er war sich jetzt sicher. Die Taxifahrt zum Hotel, Residence 51, machte es nicht besser. Alles, was er sah, war ein hübsches Bild von Heruntergekommenheit. Durch den Vorhang aus herabstürzendem Eiswasser zeichnete sich lediglich eine nahezu schwarze Stadt ab, schwarze Fassaden, schwarze Straßen, am Horizont die Spitzen hoher schwarzer Türme. Dahin konnten also die Abwege eines wirtschaftspolitischen Systems führen: nicht zu einer Revolution, nicht zur Geburt eines »neuen Menschen«, schlicht zur Häßlichkeit. Häßliches auf Hunderten von Quadratkilometern.

Nicht für lange

Das Hotel Residence 51 war eins dieser schwarzen Gebäude. Es hätte eine stinknormale Allgemeinklinik sein können, es hätte ein Block mit Sozialwohnungen sein können, es hätte ein Polizeirevier sein können, aber es war ein Hotel. Der Typ, der hinter der Empfangstheke döste, sprach im Grunde weder Französisch, Englisch noch Deutsch. Er vermischte alles mit der Dreistigkeit desjenigen, dem es nicht wichtig ist, ob er verstanden wird oder nicht. Mit den gleichen Augen wie die Frau am Flughafen betrachtete er ziemlich lange Freds Paß, als wäre der Argwohn die Erscheinung einer ganzen Kultur.

Bevor er sein Zimmer aufsuchte, fragte Fred, ob es möglich sei, zu telefonieren. Der Typ zeigte auf ein Telefon in einer Ecke und erklärte, was Fred wie ein äußerst komplexes Tarifsystem vorkam. Er versuchte es mit Vorwahl und ohne, mit internationaler Vorwahl und ohne, ließ die Nullen weg, die ihm überflüssig vorkamen, mußte sich dann aber der Tatsache beugen, daß es keine Möglichkeit gab, seine Frau zu erreichen. Es mußte einen Trick geben, er würde morgen vor der Sitzung danach fragen. Schließlich beschloß er, sein Zimmer aufzusuchen, der Schlaf stieg mit der Kraft einer großen Flutwelle in ihm hoch, tat fast weh.

Der Typ von der Rezeption begleitete ihn. Es war ein einfaches Zimmer mit einem winzigen Bad von zweifelhafter Sauberkeit, einem Kleiderschrank dem Bett gegenüber und einem Fenster ohne Ausblick, aus dem man auf eine Dachrinne sah, die Eisstücke und geschmolzenen Schnee mit sich führte. Als er allein war, probierte er sein Handy auf gut Glück noch einmal aus. Es funktionierte nicht. Er hatte nicht die Kraft zu duschen, er hatte kaum die Kraft zu pinkeln, sich auszuziehen und ins Bett zu legen. Er legte sich schlafen, hörte einen Moment, wie der Regen gegen das Fenster trommelte, und löschte schließlich das Licht.

Wie sich die Dinge tatsächlich zugetragen haben

Er wurde beobachtet. Dessen war er sich sicher. Für den Bruchteil einer Sekunde, die der Dunkelheit vorausgegangen war, hatte er etwas gesehen, zu schnell, um zu begreifen, was genau es war. Er verharrte ein paar Minuten lang, ohne sich zu rühren, dann machte er das Licht noch einmal an. Er sah nach links, nach rechts. Nichts. Dann sah er es, oben auf dem Kleiderschrank. Ein Tier, eine Art Affe mit riesigen Augen, starrte ihn unverwandt an. Fred richtete sich abrupt auf und griff nach seinen Kleidern. Das Tier blinzelte mit den Augen. Fred zog sich wieder an, ließ den Affen nicht aus den Augen, schlüpfte in seine Schuhe und ging hinunter zur Rezeption, um den Typen dort zu informieren.

Der Typ war ganz von einer Fernsehsendung absorbiert, die im Detail die technischen Eigenschaften eines schweren Motorrads vorstellte. »Auf dem Schrank in meinem Zimmer ist ein Affe!« Der Typ von der Rezeption sah auf, runzelte einen Moment lang die Stirn, schien dann plötzlich zu begreifen, und erwiderte: »Nicht Affe, Koala!« Für Fred war Affe oder Koala Jacke wie Hose. »Und was mache ich jetzt?« Der Typ von der Rezeption lächelte ihn an und erklärte, wobei er nach den wenigen französischen Worten suchte, die ganz hinten in seinem Gedächtnis verborgen lagen: »Er ist Stammgast hier. Nicht böse. Sehr leise. Nicht stören. Draußen zu kalt. Er mag das Zimmer. Er mag den Schrank.«

Fred war todmüde, er hatte nicht die Kraft, verstehen zu wollen oder nach einer Lösung zu suchen. Er kehrte in sein Zimmer zurück.

Dort befand sich der Koala, halb saß, halb lag er in einer seltsamen Haltung auf dem Schrank, und betrachtete ihn mit Augen groß wie Kuchenteller. Fred zog sich unter den Blicken des Tiers aus, legte sich dann schlafen und löschte das Licht. Der Koala beobachtete ihn, das wußte er, es war ein komisches Gefühl, ein Gefühl, wie von einer Milliarde Nadeln gepiekst zu werden. Er drehte sich in die eine Richtung, dann in die andere und hörte ein seltsames, leises Geräusch, er hätte schwören können, der Koala habe soeben gefurzt.

Er dachte an seine Frau, die vermutlich auf seinen Anruf wartete, an seinen hustenden Sohn, schließlich schlief er ein, ein düsterer Schlaf ohne Träume, schwer wie eine Marmorplatte.

Es geht weiter

Das erste, was er am nächsten Tag sah, war der runde auf ihn gerichtete Blick des Koalas. Hatte er geschlafen? Schloß er dabei die Augen? Fred bezweifelte es. Ein fahles Licht, das von schmutzigem Schnee herrührte, drang durch die halb zugezogenen Gardinen und ließ für den Tag nichts Gutes hoffen. Er stand auf, duschte schnell. Das Wasser roch leicht nach Schwefel und erinnerte unweigerlich an Sümpfe. Er hatte mehrmals versucht, die Badezimmertür zu schließen, doch diese blieb einfach einen Spaltbreit offen, so daß ihn der Koala, wenn er den Hals reckte, beobachten konnte. Die Situation wurde wirklich unangenehm, als Fred feststellte, daß auch die Tür zur Toilette nicht schloß und ihn der Koala auch hier mit gerecktem Hals und der Neugier eines Wissenschaftlers beobachtete, der eine neue Lebensform entdeckte.

Die Sitzung verlief so lala. Es wurde nichts beschlossen, kleinere Probleme wurden diskutiert, Fred erhielt nicht den geringsten Hinweis zur Benutzung des Telefons. Zurück im Hotel, im Mund noch den verhaßten Geschmack von nicht genug, fand er den Koala vor, der sofort seine aufmerksamen Augen auf ihn richtete. Fred versuchte zum x-ten Mal, seine Frau zu erreichen, zum x-ten Mal scheiterte er.

Draußen fiel der Schneeregen mit leiser Beharrlichkeit. Er dachte an seinen Sohn, anderthalb Jahre, rezidivierende Bronchitis.

Er fragte sich, was aus ihm werden würde, was für ein Typ er werden würde, ob er von seiner Mutter die leicht hysterische Seite geerbt hätte oder von seinem Vater die leicht gemeine. Der Koala kratzte sich, gähnte und tat, was er schon in der vergangenen Nacht getan hatte, er furzte. Fred langweilte sich gewaltig. Er hatte noch achtundvierzig Stunden in diesem Hotel vor sich und nichts zu lesen dabei. Er mußte mit seiner Frau sprechen, er mußte wissen, wie es seinem Sohn ging, es mußte etwas passieren. Er ging nach unten zu dem Typen an der Rezeption, der sich im Fernsehen Wrestling ansah. »Ich muß zu Hause anrufen!« Der Typ an der Rezeption erklärte ihm erneut mehr schlecht als recht die Sache mit den Tarifen, die ihm nichts nützte.

Fred versuchte es noch einmal aus der Kabine, aber es klappte nicht. Er konnte dieses Land nicht ausstehen, er konnte diesen Typen nicht ausstehen, er konnte seine Arbeit nicht ausstehen, sein Leben war eine einzige Niederlage. Er ging wieder zu dem Typen. »Der Koala furzt!« Der Typ erklärte ihm, der Koala habe aufgrund von Trockenfrüchten, die er anstelle von Eukalyptusblättern fresse, Verdauungsbeschwerden und könne nichts dafür, wenn er von Zeit zu Zeit furze. Fred sagte: »Na klar, hier ist ja nie jemand an irgendwas schuld!« und ging wieder hinauf in sein Zimmer.

Der Koala war immer noch da. Fred konnte ihn nicht ausstehen, er konnte seine Augen nicht ausstehen, die ihn an die mundgeblasenen Briefbeschwerer aus Muranoglas erinnerten, die seine Großmutter sammelte. Er stieg auf sein Bett und packte den Koala unter den Achseln. Das Tier fühlte sich weich und warm an, es brummte ein wenig verwundert. Fred öffnete das Fenster und bekam tausend Tropfen eisigen Wassers ins Gesicht. Was für ein Wetter! Wie konnte man nur hier leben? Er setzte den Koala auf die Dachrinne, woraufhin dieser beim Kontakt mit dem eiskalten Wasser zu zittern begann und eine Pranke an das Fenster legte, das Fred gerade zugemacht hatte.

Fred zog die Gardinen zu und legte sich aufs Bett. Er mußte sich beruhigen, er mußte langsam atmen, er mußte sich daran erinnern, was man ihm in seinem NLP-Kurs erzählt hatte. Er schlief ein.

Und wenn schon?

Die Tage vergingen. Die zweite Sitzung verlief besser. Ein Kollege lieh ihm sein Handy, es funktionierte, er konnte seine Frau damit anrufen. Sein Sohn hustete nicht mehr und verlangte nach seinem Vater.

Eine Stunde bevor er das Hotel verließ, fiel ihm der Koala wieder ein, er öffnete das Fenster und fand ihn zu einer Kugel zusammengerollt in der Dachrinne. Er packte ihn. Das Tier war kalt und steif, seine Augen waren geschlossen.

Fred legte ihn auf den Schrank und ging nach unten zu seinem Taxi.

Der Schlittenhund

Der Schüchterne

Der Schüchterne sah nicht übel aus. In körperlicher Hinsicht war er eher groß und gut gebaut, sein Gesicht ließ einen an diese amerikanischen Schauspieler aus den achtziger Jahren denken, à la Burt Reynolds, nur schmaler, und er hatte hübsche runde helle Augen, die an einen Schlittenhund erinnerten. Doch das Körperliche war zweifellos seine einzige Qualität. Tatsächlich war die Intelligenz des Schüchternen, ohne gleich unterdurchschnittlich zu sein, keineswegs brillant: Er verstand nicht viel von den Angelegenheiten der Welt, er verwechselte Liberalismus, Sozialismus, Sozialdemokratie, Christdemokratie, er verstand nicht viel von physikalischen Gesetzen, von chemischen Gesetzen, von der Logik im allgemeinen, von Linguistik und auch nicht von den elementarsten Dingen der Buchführung. Kunst war für ihn nichts anderes als eine lange Abfolge elitärer Hirngespinste, und er konnte überzeugend vertreten, daß die Musikgeschichte mit dem Stück *Your arms, sweet harmony* von The Platters begann. Der Schüchterne war gewissermaßen ein wenig einfältig, aber diese Einfalt hätte ihm das Leben nicht weiter vermasselt, wenn sie nicht mit einer gravierenderen Schwäche des Schüchternen verbunden gewesen wäre: der Schüchternheit.

Der Schüchterne hatte trotz seines beschränkten Intellekts ziemlich früh begriffen, daß er schüchtern war, daß sein Leben deshalb einem Hindernislauf glich, wobei die Hindernisse seit seiner Jugend zunehmend unüberwindlich schienen, und daß es das war, mehr als seine Unfähigkeit zu sprühender Konversation, mehr als sein drittklassiger Vorstadthumor und mehr als die kleinkarierten Dummheiten, von denen er felsenfest überzeugt war, was ihn davon abgehalten hatte, in seiner fünfunddreißigjährigen Existenz auch nur ein einziges Mädchen aufzureißen, daß es das war, was ihn allein wie eine Ratte leben ließ in einer häßlichen, teuren Wohnung, deren Preis er sich nicht herunterzuhandeln getraut hatte.

Natürlich war der Schüchterne nicht mehr unberührt und sagte sich das, um sich zu trösten oder Mut zu machen, am Abend immer wieder auf, entlockte seinem Gedächtnis das mäßig gespeicherte Gesicht des Mädchens, das er vor nicht ganz zwanzig Jahren, begünstigt durch eine Auslandsreise mit der Schule, in London flachgelegt hatte. Der Schüchterne hatte gerade seinen achtzehnten Geburtstag gefeiert, seine Haut hatte das zerklüftete Aussehen eines Wacholderstrauchs, sein Gesicht war mit roten Beeren überzogen, deren er sich schämte. In ihrer Gruppe gab es ein Mädchen, Fabienne Soundso, ebenso lang und hager wie ein Fahrstuhlkabel, mit einem Ziegengesicht, strohdumm, bei der eine allzu jähe hormonelle Entwicklung etwas losgetreten hatte. Bei ihr gab es keinerlei Scham, keinerlei Zurückhaltung, keinerlei Hemmung, nichts von der reservierten Freundlichkeit, die einer Jugendlichen besser zu Gesicht gestanden hätte. Es gab nur eine Art Besessenheit, eine Art semihysterischen Dauerzustand, dessen Schwerpunkt irgendwo zwischen den Eierstöcken und der Hirnanhangdrüse lag.

Kurzum, es kam der Abend, an dem der Schüchterne, der sich zum hundertsten Mal zu den Bildern einer Latino-Hip-Hop-Sängerin einen runterholte, ein Kratzen an der Zimmertür hörte. Er stand auf, zog sich in aller Eile eine Trainingshose über, stellte fest, daß seine Erektion so deutlich zu sehen war wie ein Leuchtturm an einer Hafeneinfahrt, errötete und zog ein langes

T-Shirt darüber, das er soweit wie möglich nach unten zog, es wurde erneut gekratzt, schließlich machte er auf. Natürlich war es Fabienne, und natürlich war sie sturzbetrunken und wiederholte immer wieder den Namen eines gewissen Peter, den der Schüchterne nicht kannte. Die Dinge spielten sich sehr schnell ab. Und noch keine zehn Minuten später war der Schüchterne nicht mehr unberührt.

Es verging kein Tag, an dem sich der Schüchterne diese Augenblicke nicht in Erinnerung rief. Er konnte Stunden damit verbringen, sie zu zerpflücken, sie auseinanderzuziehen, hier und da anzuhalten und bei einem Bild zu verweilen. Natürlich, sagte er sich, hatten sich die Dinge mit der Zeit verändert, seine anfängliche Erinnerung war sicher von all den Bildern aus nicht jugendfreien Filmen, Pornoheften, Internetfotos, die er sammelte und die einen nicht zu vernachlässigenden Speicherplatz auf der Festplatte seines Computers belegten, verschmutzt worden, aber sie bildeten ihm zufolge eine unerschütterliche Grundlage, der Geruch nach Schweiß und Bier, der lauwarme Kontakt mit Fabiennes Haut, ihre scharfkantigen Knochen und ihr komatöser Gesichtsausdruck.

Uccle

Die Gemeinde Uccle ist eine eher hübsche, spießige Gemeinde, in der der Schüchterne eine Wohnung vom Typ »Drei-Zimmer-Flucht« bezogen hatte, klassisch, dunkel, ziemlich laut, für einen alleinstehenden arbeitslosen Mann eher teuer. Sie ging vorne auf die Chaussée d'Alsemberg und hinten auf eine Reihe Boxen aus weißem PVC, in denen die Bewohner des Gebäudes ihre Autos abstellten. Wäre ein Besucher in die Wohnung gekommen, er wäre erstaunt gewesen, wie wenig Wert der Schüchterne auf die Inneneinrichtung legte. Es gab keine Pflanzen, keinen Nippes, die Wände waren kahl, als Vorhang dienten weiße, mit Reißzwecke befestigte Bettlaken, und sein ganzer Kleinkram war ungeordnet in einem winzigen Schrank verstaut, den er vor ein paar Jahren bei Ikea gekauft hatte. Der gedachte Besucher wäre überrascht über den Kontrast zwischen dieser zutiefst erbärmlichen, fast vierte-Welt-mäßigen Ausstattung und dem fantastischen Multimedia-Computer, der direkt neben einem 16:9 Flachbildfernseher von Philips, einem DVD-Player, einem Home-Cinema-Verstärker und einem Canal+-Decoder thronte. Tatsächlich könnte der Besucher daraus schließen, daß der Schüchterne mit der Inneneinrichtung nichts am Hut hatte und es vorzog, seine ganze Kohle in Fernseher und Computer zu stecken. Und wenn er auch nur ein bißchen was auf dem Kasten hätte, würde sich der Besucher sagen, daß irgend etwas in der Persönlichkeit des Schüchternen ernsthaft aus dem Lot geraten war. Der Besucher hätte nicht unrecht. Irgend etwas war tatsächlich aus dem Lot geraten. Und wenn etwas so sehr aus dem Lot geraten war, dann lag es daran, daß die Libido des Schüchternen seit so langer Zeit durch die Gegend irrte, daß sie längst nicht mehr wußte, wo sie eigentlich war. Sie war ein wenig wie ein Panther im Zoo, der wütend hinter den Gitterstäben eines Käfigs hin- und herlief, und auch wenn dies niemand wußte, nicht einmal der Schüchterne selbst, so war es doch ein wenig gefährlich geworden, sich ihm zu nähern.

Kurzum, der Schüchterne verbrachte seine Freizeit damit, sich Porno-DVDs auszuleihen, sich im Internet Pornobilder und auf Canal+ Pornofilme anzuschauen, und das war seit seiner kurzen Liaison mit Fabienne im Alter von achtzehn Jahren seine einzige Form der Sexualität. Man glaube nun aber nicht, daß es dem Schüchternen gut bekam, ein Wichser zu sein, es bekam ihm eher schlecht, häufig war er total deprimiert darüber, daß er sich ständig vor seinen Bildern oder seinen Filmen einen runterholen mußte. Oft widerte es ihn an, daß er so schüchtern war, daß er kein Mädchen ansprechen konnte, es kaum anzuschauen wagte und wie ein Bekloppter zu stottern begann, wenn die Bedienung beim Pierrot-Croissant ihm seinen Kaffee brachte.

Der Schüchterne hatte an seinen Tagen nicht viel zu tun, ein paar Einkäufe im GB, ein paar Einkäufe im Delhaize, Reis, Thunfisch, Nudeln, Äpfel für die Zähne, grünes Gemüse und Fanta orange. Er trieb sich in seinem Viertel herum, beobachtete heimlich die Mädchen und ging, ohne sich recht darüber im klaren zu sein, die Chaussée d'Alsemberg hinunter zum Globe, wo er auf die Straßenbahn wartete, den gebeugten Rücken unter einem Schutz aus Plexiglas. Sobald er saß, sah er die schönen Häuser der Avenue Brugmann vorüberhuschen, die etwas weniger schönen Häuser der Chaussée de Charleroi, all die schicken Schaufensterauslagen der Avenue Louise, dann passierte die Straßenbahn den großen grauen Kuchen, den Justizpalast, bevor sie direkt in die Viertel weiter im Norden düste, die letzte und beschämende Station des Schüchternen.

Der Norden

Trotz der großen Arbeiten am Manhattan-Projekt, das aus der Hauptstadt fast alle sozialen Brennpunkte vertrieben hatte, waren hier und da noch ein paar Straßenzüge geblieben, ein paar Schaufensterauslagen, ein paar Einrichtungen, die sich nach wie vor gegen die Ächtung durch den Staat wehrten. Der Schüchterne, der an der Haltestelle Botanique ausstieg, brauchte nur dem breiten Boulevard Richtung Basilika zu folgen, rechts in die Straße mit einem Hotel für japanische Touristen einzubiegen, unter der Brücke hindurchzugehen, wo es nach Pisse roch, um genau auf den Anfang der Rue d'Aerschot zu stoßen.

In der Straßenbahn hatte der Schüchterne mit Herzklopfen und trockener Kehle seinen ganzen Mut zusammengenommen und in einem fort vor sich hingesagt: »Mir doch egal, diesmal mach ich's, bin ja nur einer von vielen, Scheiße, ist ja nicht illegal, da gehen alle hin, was soll das …« Er hatte vorsorglich fünf Ein-Euro-Münzen vorne in die Hosentasche gesteckt und drei Fünf-Euro-Scheine »für den Fall, daß« in die Gesäßtasche. Doch trotz aller Vorbereitungen, trotz der griffbereiten Münzen, der Scheine und der enormen Lust hatte sich der Schüchterne nicht getraut, die Tür zu einer der beiden Peepshows aufzumachen, er lief lediglich davor auf und ab, einmal, zweimal, dreimal, betitulierte sich bei jedem erneuten Scheitern mit allen möglichen Schimpfwörtern und gab schließlich auf. Als allerletzten Ausweg zog er mit großen Schritten durch die Straße im Bahnhofsviertel und betrachtete in den Schaufenstern gegenüber verstohlen die Mädchen im Büstenhalter, die die Passanten lockten. Dann stieg er wieder in die Straßenbahn, meistens am späten Nachmittag, und die Jugendlichen, die aus der Schule kamen, rempelten ihn schreiend an, er düste direkt in seine Wohnung, aß seinen Reis, seinen Thunfisch, seinen Apfel für die Zähne, trank seine Fanta orange, holte sich vor dem Computerbildschirm rasch einen runter und verzog sich ins Bett, wobei eine Traurigkeit von der Größe eines Affenbrotbaums ihre Wurzeln in seinen Bauch rammte.

Das Pierrot-Croissant

In der Chaussée d'Alsemberg, fünf Minuten von der düsteren Wohnung des Schüchternen entfernt, gab es das, was er für einen schönen Vorgeschmack auf das Paradies hielt: eine Filiale von Pierrot-Croissant. Jeden Morgen gegen 9 oder 10 Uhr, wenn er geduscht, sich die Haare gekämmt und, indem er im Badezimmerspiegel seine Schauspielerfratze betrachtet hatte, Mut gemacht hatte, ging er dorthin, um für zwei Euro fünfzig Kaffee-Honigkuchen-Orangensaft zu frühstücken, was ihm von der Schmolliese serviert wurde. Der Schüchterne empfand gegenüber der Schmolliese Gefühle, die komplexer waren als die reine sexuelle Lust, die er beim Anschauen seiner DVDs, seiner Zeitschriften oder seiner heruntergeladenen Bilder empfand, Gefühle, deren Konturen er schwer zu fassen bekam, Gefühle, die er bisweilen mit einer Art Sodbrennen oder einem Abklemmen der Luftröhre verglich, Gefühle, die ihn in grenzenlose Freude versetzen oder in tiefste Verzweiflung stürzen konnten, kurzum Gefühle, die nicht wenige Merkmale dessen hatten, was der Schüchterne für die Liebe hielt.

Der Schüchterne war also seit einem ganzen Schwung von Monaten in die Schmolliese verliebt und bestellte jeden Morgen, außer am Wochenende, leicht errötend ein Frühstück zu zwei Euro fünfzig. Sobald er sich an einen strategisch günstigen Tisch gesetzt hatte, schielte der Schüchterne auf das hübsche Gesichtchen der Schmolliese, ihre hübschen Arme und ihre hübschen, auf »absolut charmante Art« (dixit der Schüchterne) das vorgeschriebene T-Shirt von Pierrot-Croissant ausbeulenden Brüste. Natürlich entgingen der Schmolliese die Manöver des Schüchternen nicht, er war ihr von Anfang an aufgefallen, der komische Kauz, der immer allein war, nicht übel zwar, aber mit seltsamen Schlittenhundeaugen, der heimlich nach ihr schielte, ohne etwas zu sagen. Daß nach ihr geschielt wurde, störte sie nicht, fast gefiel es ihr sogar, aber jeden Morgen derselbe Typ, das nervte. Um so mehr als sie sehr wohl spürte, daß im Kopf des Typen irgendwas aus dem Lot geraten war, etwas, was Mädchen instinktiv spürten, was sie den Panther sehen ließ, der wütend hin- und herlief, was ihnen riet, auf Abstand zu bleiben. Je öfter der Typ kam, um so mehr schmollte die Schmolliese und um so mehr, einer seltsamen Alchemie folgend, liebte sie der Schüchterne.

Die Sache mit dem Kaufhaus

Die Geschichte im Kaufhaus veränderte das Leben des Schüchternen für immer. Man kann übrigens zu Recht annehmen: Wäre die Sache mit dem Kaufhaus nicht passiert und hätte sich der Schüchterne entschieden, seinen Reis, seinen Thunfisch, seine Äpfel und seine Fanta auch nur zehn Minuten früher oder später zu kaufen oder hätte die Schmolliese nicht einer plötzlichen Eingebung folgend beschlossen, ihre Abschminkpads, ihre Diätkost und ihr Diacolor im Delhaize in der Mittagspause zu kaufen anstatt nach der Arbeit, dann hätte die ganze Geschichte vielleicht nur den Charakter einer traurigen Anekdote gehabt und nicht den eines größeren Ereignisses. Von außen betrachtet ist der Vorfall gänzlich uninteressant. Er spielt sich in der Gewürzabteilung ab: Der Schüchterne schiebt dort träge seinen völlig leeren Einkaufswagen, als er plötzlich, einen Meter von sich entfernt, die Schmolliese erblickt, die sich Vanilleschoten im Glas anschaut. Er kommt näher, das Mädchen hebt den Kopf, begegnet seinem Blick und sieht sofort wieder auf die Vanille hinunter, der Schüchterne setzt seinen Weg fort.

Wenn ein Besucher, vielleicht derselbe wie vorhin, in das Bewußtsein des Schüchternen eingedrungen wäre, wenn er mit geschlossenen Beinen auf diesem wenig gastlichen Terrain gelandet wäre, hätte er sofort die Bedeutung dieses Vorfalls begriffen, die eine Art erkenntnistheoretischer Bruch, eine Art aufklärerische Revolution, eine Art Entdeckung Amerikas, eine Art kopernikanische Wende, kurzum, eine große Sache war, die bedeutendste Sache seit der Vögelszene mit Fabienne in London.

Es dauerte eine Sekunde, bis dem Schüchternen klar wurde, was vorgefallen war. Die Schmolliese hatte ihn ignoriert. Kein Hallo, kein Lächeln, keine hochgezogene Braue, nichts. Der Besucher hätte in diesem Moment eine Art dumpfes Grollen bemerkt, das am Horizont des von ihm besuchten Bewußtseins auftauchte. Eine Art Kavallerieattacke. Darüber hinaus hätte er gesehen, wie sich eine dunkle Wolke erhob, wie der ganze vertrocknete Staub aus dem Universum des Schüchternen von einem eiskalten Lufthauch aufgewirbelt wurde, der von der Tiefe seines Gehirns kam, von wenig besuchten, wenig gesellschaftsfähigen und, was der arme Besucher sogleich hoffen würde, unbewohnten Regionen. Dann wäre ihm aufgefallen, und ihm würden sofort die Haare zu Berg stehen, daß der Wind die ganze Bevölkerung dieser düsteren Antipoden mit sich führte: die schlimmsten Ideen, die schmierigsten Wünsche, die sonderbarsten Triebe, die schändlichsten Gelüste, kurzum, keineswegs nur die feine Gesellschaft, die sich mitten im Gelände niederließ, die hier für unbestimmte Zeit ihr Zelt aufstellte, sich dort ein Loch grub. Der Besucher, sofern er alledem überhaupt lebend entronnen wäre, würde vermutlich nie mehr im Leben ein Auge zumachen.

Der Schüchterne bezahlte rasch seine Einkäufe, eilte nach Hause, setzte sich aufs Bett, bohrte sich die Fäuste in die Augen und stöhnte. So verharrte er eine gute Stunde, dann stand er wieder auf. Seine Augen waren ziemlich geschwollen, wie zwei Feigen, er spritzte sich Wasser ins Gesicht, trank die Hälfte seiner Fanta orange und fläzte sich vor den Fernseher. Ein Bekloppter (dixit der Schüchterne) fuhr sein Auto in eine der Boxen, der Himmel ähnelte einer Schultafel, darauf schrieb er: *Scheiße, Arschloch, Hure*. Darüber malte er einen riesigen Pimmel und eine nackte Frau, die er mit vielen roten Kreuzen durchstrich. Er lächelte, er war müde, aber glücklich. Er hatte das Gefühl, sich verändert zu haben.

Die ersten Schritte

Am nächsten Tag nahm der Schüchterne wieder seine Straßenbahn Richtung Norden. Er hatte keine trockene Kehle, keine feuchten Hände, er hatte nicht einmal Fünfzig-Cent-Münzen und Scheine zurechtgelegt. Darum wollte er sich an Ort und Stelle kümmern. Er lief den Boulevard du Jardin Botanique hinunter. Es war ein Uhr mittags, der Himmel von einer hermetischen grauen Platte bedeckt, es war heiß. Die Luftverschmutzung hielt sich auf Nasenhöhe. Die Arbeiter der Innovationsbaustelle saßen in einer Reihe nebeneinander, ihr Eßgeschirr auf dem Schoß. Der Schüchterne bog bei dem Hotel für Japaner ab, ging unter der Brücke hindurch, wo es nach Pisse roch, und hielt direkt auf die Neonlichter der Peepshow zu. Ohne zu zögern.

Zwei Glastüren öffneten sich automatisch, machten *schhhhhh,* der Schüchterne sah darin ein gutes Zeichen. Radio Contact lief auf voller Lautstärke, *wumm, wumm, wumm,* es roch intensiv nach Chlor. Links und rechts gab es private Videokabinen, aber der Schüchterne hatte mit diesen Kabinen nichts am Hut, die Videos kannte er auswendig. Er näherte sich einem großen Zairer hinter einer Scheibe, der aussah, als würde er sich schrecklich langweilen, zog drei Fünf-Euro-Scheine aus der Brieftasche und schob sie durch den Schlitz. Der Zairer nahm sie entgegen und reichte ihm mechanisch fünfzehn Münzen, wobei er mit einem Auge die Kontrollbildschirme im Blick behielt. Während sich der Schüchterne entfernte, sprach der Zairer in ein Mikro, das seine Stimme auf Lautsprecher übertrug:

»Und jetzt unsere Nummer 8, die zauberhafte Leïla. Modellwechsel, die Nummer 8, es sind noch Kabinen frei.« Die Musik setzte noch lauter wieder ein: *wumm, wumm, wumm.* Ein leichtes Schwindelgefühl ließ den Schüchternen taumeln. Er war im Paradies. Besser noch. Im Paradies der Paradiese. An einer Tafel waren mit Reißzwecken Fotos von Mädchen befestigt, darüber eine Nummer. Die achte war eine kleine Blonde, die lächelte. Er ging zu einer der Kabinen, machte das Schnappschloß auf, suchte in der Dunkelheit einen Moment nach dem Schlitz im Apparat und warf seine erste Münze hinein.

Was dann geschah, geht nur Leïla, den Schüchternen und die zwei oder drei Trauergestalten in den anderen Kabinen etwas an. Der Schüchterne ging erst wieder, als er alle seine Münzen verbraucht hatte. Sein Herz war leicht wie ein Sahnebaiser. Er fühlte sich in Topform. Wieder zu Hause, stellte er sich nackt vor den Spiegel und fand, er sähe aus wie ein echter Kerl. Auch wenn es verrückt wirkte, war er sich sicher, mehr Muskeln und Körperhaare bekommen zu haben. Er holte sich zweimal hintereinander einen runter, zog sich an und düste zum Pierrot-Croissant. Die Schmolliese stand hinter ihrem kleinen Tresen. Wie in der Peepshow lief dort Radio Contact, *wumm, wumm, wumm.* Er sagte: »Hallo, wie geht's?« Sie hob den Blick: »Danke, gut« und wartete darauf, daß er etwas bestellte. Aber er bestellte nichts, er lächelte sie einen Augenblick lang an. Ihr Gesicht wurde immer länger. Verdammt, wie sehr er sie liebte. Er stellte sich einen Augenblick lang vor, wie sie nackt vor ihm tanzte, und sagte: »Okay, ich muß los, bis morgen dann?« Das Mädchen antwortete nicht. Sie kannte die Schwachsinnigen zur Genüge, und sie hatte ein Exemplar davon vor sich. Sie sah zu, wie er ging, sie wurde von einer leichten Wehmut ergriffen, die gleich wieder verschwand, sie mußte vor der Schließung noch den Honigkuchen, die Apfeltaschen und die Berliner wegräumen.

Entropie und Strukturen von Undiszipliniertheit

Wenn unser Besucher aus Gott weiß welchem Grund beschlossen hätte, zurückzukehren, um zu sehen, was im Bewußtsein des Schüchternen vor sich ging, und wenn er ein weiteres Mal mit geschlossenen Beinen auf dessen rauher Oberfläche gelandet wäre, hätte er eine seltsame Überraschung erlebt. Die Bewohner der Antipoden, die noch vor kurzem die brutalen Manieren von Kriegern, die in erobertes Gebiet eindrangen, an den Tag gelegt hatten, waren jetzt eher ruhig, immer noch gleich widerlich, aber gastfreundlicher, immer noch gleich übelriechend, aber doch – die einen im Zelt, die anderen im Loch – gut untergebracht. Diese ganzen Schweinereien spielten sich im verborgenen ab. Sie fanden ihre Existenz normal, sie machten es sich richtig bequem. Und der Besucher, sofern er nur einen Hauch von Intuition hätte, würde bei der Vorstellung, daß sie sich jetzt durch nichts mehr vertreiben ließen, von großer Furcht erfaßt. Die Schweinereien, die aus der tiefsten Tiefe der Seele des Schüchternen aufgestiegen waren, waren mit dem Hintern fest im Boden verankert.

Der Schüchterne blieb ein paar Tage zu Hause, holte sich ständig einen runter und betrachtete sich im Spiegel. Als er sich bereit fühlte, ging er wieder die Chaussée d'Alsemberg hinunter und am Sony Center vorbei, wo Radio Contact auf voller Lautstärke lief, *wumm, wumm, wumm,* was ihm einen Steifen bescherte. Er nahm die Straßenbahn und setzte sich nach hinten, um nach Belieben die Mädchen zu beobachten. Er war der

König der Machos. Sie waren allesamt Nutten und (dixit der Schüchterne) er hätte sie alle der Reihe nach vögeln können, die zierlichen und die dicken Hintern, die kleinen Dünnen und die fetten Kühe, die großen Gewitzten und die kleinen Blöden, eine nach der anderen, ohne Probleme.

Er ging erneut den Boulevard du Jardin Botanique hinunter. Der Himmel war von einem total künstlichen Blau, Autos rasten in hohem Tempo an ihm vorbei und tränkten die Luft mit Kohlenmonoxid, die türkisfarbene Kuppel der Basilika von Koekelberg am Horizont ähnelte einem großen Haushaltsgerät. Die Arbeiter der Innovation waren wieder bei ihrer Pause, sie waren supergebräunt, aber die Baustelle kam keinen Zentimeter voran. Der Schüchterne bog nach links, eine Million Japaner kamen aus ihrem Hotel und verteilten sich einfältig lächelnd in alle Richtungen. Schließlich fand er sich, den Bahnhof im Rükken, vor sich die Schaufenster, wieder, wie er mit großen Schritten die Straße entlanglief.

Die Mädchen hatten sein Manöver bemerkt, sie machten ihm von ihrem Schaufenster aus Zeichen. Er nahm sich Zeit, er wollte eine wirklich gute haben, vor allem keine Pummelige. Er ging ein paar Mal an einer Blonden vorbei, Ecke Osteuropa, nicht schlecht, super Beine, aber sie hatte etwas Komisches im Gesicht. Eine Art Angiom, das ihm so gar nicht gefiel. Zum Schluß, fast am Ende der Straße, nahe der Straßenbahnhaltestelle, sah er eine Brünette auf einem Schemel. Sie lächelte ein wirklich freundliches Lächeln, das von einer leichten Kopfbewegung begleitete wurde. Der Schüchterne überquerte die Straße, er hatte den Eindruck, es existiere nichts anderes mehr als das Schaufenster und er. Er trat näher, versuchte, das Lächeln des Mädchens zu erwidern, brachte aber nur eine verkrampfte Grimasse zustande, das Mädchen stieg von ihrem Schemel und öffnete ihm die Tür.

Der Schüchterne sagte sich: »Verdammt, ich hab's getan, das ist verrückt, ich bin auf dem Weg zu einer Nutte.« Das Mädchen sagte »goed avond, bonsoir«, Stil superprofessionelle, zweisprachige Hostesse. Der Schüchterne sagte sich, daß er es gut getroffen hatte. Eine kleine Alte saß mit einem Hund in einer Ecke und schien nicht darauf zu achten, was um sie herum vor sich ging. Auch sie superprofessionell, dachte der Schüchterne und sagte allen guten Abend. Das Mädchen nahm ihn mit nach hinten und erklärte ihm freundlich die Tarife. Er wählte ein Modul im mittleren Bereich zu einem annehmbaren Preis, das Mädchen lud ihn ein, »es sich bequem zu machen« (dixit das Mädchen), sie komme sofort. Er war in einem winzigen Zimmer, das von einer ultravioletten Lampe erleuchtet wurde, die einen schönen Teint machte. Der ganze Raum wurde von einem Kanapee und einem kleinen Möbelstück mit Schubladen eingenommen, auf dem ein Teil stand, das mit verschiedenfarbigen Öltropfen gefüllt war, die auf- und abstiegen. Aus einem kleinen Radio kam als musikalische Untermalung Radio Contact, *wumm, wumm, wumm*. Der Schüchterne bekam allmählich einen Steifen.

Was dann geschah, geht nur das zweisprachige Mädchen, den Schüchternen und das Ölteil auf dem Möbelstück mit den Schubladen etwas an. Als der Schüchterne wieder auf die Straße trat, hatte er den Eindruck, das gesamte Universum habe sich verändert, er fühlte sich wie ein König, und alle Leute, die ihm begegneten, waren seine Diener. Die Türken in der Rue de Brabant, die Bullen, die Busfahrer: seine Diener. Er war der King, und wenn er es gewünscht hätte, hätte er auf der Stelle zu dem Mädchen zurückkehren und mit ihr machen können, was er wollte. Kein Problem soweit. Ab heute konnte er vögeln, wann er wollte.

Er hatte keine Lust, die Straßenbahn zu nehmen, er hatte Lust zu laufen. Erhobenen Hauptes, mit vorgereckter Brust. Wie ein

König. Er nahm die Rue Neuve, schwarz vor lauter Leuten, gefüllt mit kleinen Marokkanerinnen, hypergeschminkt, in hyperanliegenden Hosen, ebenso viele Dienerinnen für ihn. Radio Contact erschallte aus allen Läden gleichzeitig, *wumm, wumm, wumm*. Vor ihm lief ein Mädchen allein, der Schüchterne fand ihren Hintern klasse und folgte ihr bis zur Monnaie, dann in die Rue d'Aremberg, vor die Galerien von Saint-Hubert, wo sie stehenblieb und auf einen Bus wartete. Der Schüchterne hatte den Blick auf ihren Hintern geheftet. Er war der King. Er konnte machen, was er wollte. Er folgte dem Mädchen mit dem hübschen Hintern in den Bus und setzte sich ihr gegenüber. Ihre Knie berührten sich. Sie hatte wirklich tolle Augen, ganz schwarz, und eine makellose Haut. Allerdings lächelte sie ihm nicht zu. Sie war wie das Mädchen im Pierrot-Croissant: Sie schmollte. Sie stieg in der Nähe des Busdepots Auderghem aus, der Schüchterne mit ihr. Er war der King. Er folgte ihr durch die Gassen. Ganz dicht hinter ihr. In drei Meter Entfernung, vielleicht auch weniger. Sie hatte sich ein- oder zweimal umgedreht und lief immer schneller. Die Sonne ging unter, aber sie wärmte noch wie ein Bunsenbrenner. Die Schritte des Mädchens auf dem Bürgersteig machten *klack, klack, klack, klack, klack, klack*, sie rannte fast, der Schüchterne auch, *klack, klack, klack, klack, klack, klack*. Einmal versuchte er, sie an den Haaren zu fassen, das Mädchen stieß einen Schrei aus, sehr laut, sehr schrill, wie ein Murmeltier. Der Schüchterne zog seine Hand zurück, ein Gesicht tauchte hinter einem Fenster auf, eine kleine Alte in einer Schürze, in seinem Kopf setzte eine Alarmanlage ein, warning, warning, warning, mit einem roten Blinklicht. Kehrtwende, zurück zum Busdepot d'Auderghem und dem Bus in Richtung Uccle. Ihm war heiß. Er hatte das Gefühl, sein Gehirn sei mit einem riesigen Haufen Scheiße vermischt worden. Er gelangte in die Chaussée d'Alsemberg. Bevor er nach Hause zurückkehrte, ging er noch am Pierrot-Croissant vorbei, die Schmolliese schloß gerade das Lokal. Er hatte Lust, ihr seine Geschichte mit der zweisprachigen Nutte und dem Mädchen mit dem hübschen Hintern zu erzählen. Er hatte Lust, ihr zu erklären, er sei der King, er könne mit den Leuten machen, was er wolle, aber das Gesicht des Mädchens war schlimmer als eine Wand. Nicht bereit, sich auch nur das Geringste anzuhören. Er betrachtete sie durch die Scheibe, wie sie ihre Croissants, ihre Brote und ihre Pizzen wegräumte. Das Mädchen betrachtete ihn auch, immer wieder, mit unbeteiligtem Gesichtsausdruck. Er sah sehr wohl, daß sie absichtlich trödelte, daß sie darauf wartete, daß er ging, um herauszukommen. Als er nicht ging, kam sie trotzdem heraus und sah in eine andere Richtung. Er war der King, alle Menschen waren seine Diener. Nicht der Hauch eines Zweifels in dieser Sache. Er ging nach Hause.

Elektrolyse und Überstürzung

Es ist anzunehmen, daß unser Besucher, wenn er beschließen sollte, von neuem auf dem feindlichen Terrain im Gehirn des Schüchternen auf Entdeckungsreise zu gehen, von seinen früheren Expeditionen gestärkt und daher gut vorbereitet wäre. Er würde sich so kleiden, daß er vor der dort herrschenden Mondeskälte geschützt wäre, er würde sich in weiser Voraussicht auf die notorische Aggressivität der neuen Besatzer bewaffnen und zu seiner Frau und seinen Kindern sagen, sie sollten nicht auf ihn warten, er würde womöglich einige Zeit brauchen, sie sollten aber, wenn er in zwölf Stunden nicht zurück sei, die Rettungsmannschaften verständigen. All diese Vorsichtsmaßnahmen hätte der Besucher, wie er feststellte, kaum daß er mit geschlossenen Beinen im Camp des Unrats aufgesetzt hätte, durchaus zu Recht getroffen. Die Kälte wäre noch schlimmer gewesen als erwartet, der Wind so schneidend wie die Klinge eines Messers. Die Bewohner hätten sich nicht im geringsten beeinträchtigt gefühlt, sie hätten es witzig gefunden, sich bei minus 200 Grad die Eier abzufrieren, sie hätten sogar kleine Feste zu Ehren der Kälte organisiert. Der Besucher, vorausgesetzt, es gäbe in seinem Gehirn auch nur eine Spur von Intelligenz, hätte bemerkt, daß die Kälte von all diesen kleinen Tierchen angeschleppt worden war, daß es ihr bevorzugtes Klima war, daß sie sich um so stärker vermehrten, je kälter es war, und daß es um so kälter wurde, je mehr sie sich vermehrten. Unter all dem Schmutz, der in der Gegend herumlag, hätte er auf Pfählen aufgespießt den äußerst häßlichen, klebrigen Kopf vom Vater des Schüchternen erkannt, den äußerst eitrigen und übelriechenden Kopf seiner Mutter und den äußerst nichtssagenden Kopf von Fabienne aus London. Der Besucher hätte zu Recht überlegt, daß seit der Sache mit dem Kaufhaus fast nichts mehr respektiert wurde.

Der Schüchterne verbrachte seine Abende damit, sich Filme von Cousteau anzuschauen: »Während die Calypso die wärmeren Gewässer des Äquators verläßt und auf den Polarkreis zuhält, versucht die Schiffsmannschaft eine Lösung für das Problem der Eisberge zu finden, die in dieser Zeit das Meer gefährlich machen wie ein Minenfeld.« Das gefiel ihm, es brachte ihn auf andere Gedanken, sich Fische und Algen anzusehen. Bevor er den Fernseher ausmachte, schaltete er um auf MTV, *wumm, wumm, wumm.* Clips mit massenhaft Boys und Nutten. Er betrachtete sich im Spiegel, noch mehr Muskeln, noch mehr Körperhaare. Nicht den Hauch eines Zweifels, der King war ein echter Kerl. Beim Einschlafen ging er seine Finanzen durch: Er konnte die Zweisprachige noch zweimal sehen, ohne in finanzielle Not zu geraten. Eine gute Neuigkeit, eine gute Neuigkeit. Er hatte nächtliche Träume, hart wie Marmor.

Kaum war er am nächsten Tag aufgewacht, sagte er sich, daß er jetzt gut und gern den ersten Teil seines Kapitals, das er für die Zweisprachige vorgesehen hatte, ausgeben könne. Er blieb noch einen Moment im Bett, stellte sich vor, was er alles mit ihr machen könnte, und schwor sich, sich Zeit zu lassen. Er wollte für sein Geld etwas haben. Er hatte das Gefühl, er wäre ein super Typ, bestimmt der beste, den das Mädchen je gehabt hatte. Sie hatte Glück, an ihn geraten zu sein. Er kleidete sich eilig an, Jeans, Sweatshirt, ein paar ausgetretene Nikes, und düste direkt zu Mister Cash. Er zog sich Geld und rief seinen Kontostand ab. Er war wahrhaftig nicht reich. Verfluchte Arbeitslosigkeit. Hätte er mehr Geld, könnte er die Callgirls charterweise vögeln. Es war noch früh, und er wollte ins Pierrot-Croissant, um »dem Mädchen ein wenig auf den Zeiger zu gehen« (dixit der Schüchterne). Er setzte sich auf seinen Stammplatz und blätterte in einer Ausgabe von *Vlan*, die dort herumlag, ohne wirklich hinzusehen. Was für ein toller Typ er war. Was mußte er ihr auf den Zeiger gehen. Er dachte: »Bescheuertes Weib«. Er dachte: »In einer Stunde vögele ich ein Mädchen, während du hier wie bescheuert ranklotzen mußt.« Die Schmollliese gefiel ihm immer besser.

Nachdem er eine Stunde in seinem *Vlan* geblättert hatte, hatte er noch immer nichts gesagt und noch immer nichts bestellt. Das Mädchen tat, als ob nichts wäre. Die Zeit war schnell vergangen, er war auf einen Artikel gestoßen, der die Prostitution illegaler Immigrantinnen anprangerte: »*Die jungen Mädchen, die aus dem Osten oder aus Afrika kommen, werden von mafiösen Netzwerken rekrutiert, die ihnen unter dem Deckmantel einer Arbeitsagentur eine Stelle als Bedienung anbieten, sie aus ihren Familien herausreißen, um sie in der Europäischen Union auf den Strich zu schicken. Ihre Pässe werden konfisziert. Um ihren Widerstand zu brechen, werden sie häufig geschlagen, vergewaltigt, von einer Stadt in eine andere gebracht, so daß sie selten wissen, wo sie sich befinden.*« Dem Artikel war ein Foto beigefügt, auf dem eine Reihe von Mädchen an einer Wand lehnten und von Autoscheinwerfern angestrahlt wurden. Die Autos waren nicht zu sehen. Der Schüchterne kriegte langsam einen Steifen. Er hatte überhaupt keine Lust mehr, die zweisprachige Nutte zu besuchen, er wollte zu einer illegalen Immigrantin. »*Geschlagen, vergewaltigt*«, diese Worte gefielen ihm. Er war ein super Typ, er war der King, die anderen seine Diener.

Auch wenn der Schüchterne nicht allzu helle war, wußte er doch, daß es anders war, eine illegale Immigrantin aufzusuchen als die zweisprachige Nutte, er brauchte definitiv ein Auto. Der

Schüchterne fand in seiner Tasche den Zettel mit dem Kontostand. Fünfhundert Euro. Er dachte einen Moment nach und erinnerte sich dann, daß am Anfang der Rue de Stalle, nicht weit von seiner Wohnung entfernt, eine Autowerkstatt war, die Gebrauchtwagen verkaufte. Er verließ das Pierrot-Croissant, ohne die Schmolliese eines Blickes zu würdigen, und düste direkt zu der Werkstatt. Ein dicker Typ mit schwarzen Händen sagte ihm, er habe für dreihundertfünfundsiebzig Euro einen alten Fiat Panda. Hundertfünfzigtausend Kilometer, er komme aufgrund eines Problems mit der Federung nicht über den TÜV, man müsse beim Lenken ziemlich aufpassen, aber die Batterie sei neu. Der Schüchterne diskutierte nicht, er wollte kein Auto für eine Rallye, er wollte darin vögeln. Er zahlte cash, setzte sich ans Steuer der Schrottkiste und fuhr los. Das Auto klang wie ein Mofa, fuhr aber gar nicht schlecht, und er fühlte sich bald sicher genug, um eine kleine Erkundungsfahrt zu machen. Er fuhr durch die Tunnel des inneren Rings, direkt zum Kanal und am Martiniturm raus. In dem Artikel im *Vlan* hatte es geheißen, die Mädchen fände man in der Nähe des Boulevard Albert II, wenige Schritte vom Zentrum für Flüchtlinge und Staatenlose entfernt, doch im Moment war dort außer ein paar Beamten und Angestellten von Belgacom nichts zu sehen. Er würde bis zum Abend warten müssen. Kein Problem, der Schüchterne hatte alle Zeit der Welt. Er parkte das Auto und düste zum UGC in Brouckère. Dort sah er sich eine romantische Komödie an, einen Actionfilm, einen Katastrophenfilm und noch eine romantische Komödie. Er aß Eiskonfekt und trank Cola. Als er ging, war der Abend gekommen. Der Actionfilm hatte ihn gestärkt, er hatte das Gefühl, Furcht einzujagen. Er zählte seine Scheine und verzog das Gesicht. Er hatte nur noch fünfzig Euro. Dann sagte er sich, daß er bestimmt eine Lösung finden würde, und düste zu seinem Wagen. Ein leichter Sommerregen hatte eingesetzt, seine Scheibenwischer quietschten auf der Windschutzscheibe, er schaltete Radio Contact ein, die kleinen Lautsprecherboxen machten *wumm, wumm, wumm,* die Stimmung war top. An einer Straßenecke sah er drei Mädchen mit nackten Beinen und Regenjacken. Sie hatten alle einen kleinen Rucksack auf und winkten den Autos zu, die an ihnen vorbeifuhren. Es sah aus wie auf dem Foto bei *Vlan*. Beim Näherkommen versuchte er, sie eingehender zu mustern, aber bei dem Regen, der Dunkelheit und der Spiegelung der Scheinwerfer war es nicht einfach. Er hielt auf gut Glück, ein Mädchen machte die Tür auf, streckte ein nasses Gesicht herein und sagte: »Twenty five, okay?« Sie war nicht zweisprachig, das nervte den Schüchternen, aber er ließ sie einsteigen.

Der Schüchterne fragte sich, wo er anhalten sollte, um sie in Ruhe vögeln zu können. Es war ziemlich viel Verkehr, das machte ihn nervös. Er hatte keine Lust, gestört zu werden, er hatte keine Lust, sich auf der Polizeiwache wiederzufinden. Dann sagte er sich, der Forêt de Soignes sei sicher eine gute Idee, und fuhr wieder auf den inneren Ring Richtung Boitsfort. Während er nachdachte, hatte die kleine Illegale ununterbrochen geredet: »What's your name bla bla bla, you like russian girl bla bla bla, two thousand for bla bla bla.« Er begriff nichts von dem, was sie erzählte, es nervte ihn, daß sie die ganze Zeit redete, ohne sich zu fragen, ob er überhaupt Englisch sprach. Er sagte zu ihr: »Sei mal ruhig!« Die Illegale hatte bestimmt nicht verstanden, aber er hatte dabei einen bösen Ton angeschlagen, und sie hatte geschwiegen. Er betrachtete sie verstohlen, sie sah nicht so geschlagen oder vergewaltigt aus. Es war ein blondes Mädchen, vom Regen bis auf die Haut durchnäßt, das war alles. Die Enttäuschung verstärkte seine schlechte Laune. Sie waren gerade auf Höhe der Avenue Louise, als die Illegale ungeduldig wurde.

»Where are you going? Ten minutes bla bla bla.« Er sagte noch einmal, sie solle ruhig sein, sie hätten noch eine gute Viertelstunde vor sich, er würde sie nicht mitten in der Stadt vögeln, wo jedermann zusehen könne, mit den ganzen Bullen, die überall rumhingen. Das Mädchen schwieg. Noch einmal hatte er den bösen Ton angeschlagen, der seinen Zweck erfüllte. Als er das Mädchen betrachtete, sah er, daß ihre Lippen zitterten, ihr war eiskalt. Er überlegte, daß er die Heizung anmachen könnte, aber es gefiel ihm, daß sie zitterte. Er machte das Fenster auf, ein kalter Wind drang ins Wageninnere, er bekam langsam einen Steifen. An einer Ampel machte das Mädchen die Tür auf und versuchte, auszusteigen. Er packte sie mit der rechten Hand an der Schulter. Die Illegale stieß einen spitzen Schrei aus, einen »ganz schön lauten Schrei wie ein Tier in der Falle« (dixit der Schüchterne) und setzte sich wieder. Der Schüchterne düste in den Wald, er fühlte sehr wohl, daß die Atmosphäre mehrere hundert Kilo wog, das Mädchen schien verrückt zu werden, sie sagte gar nichts mehr und zitterte am ganzen Körper. Schließlich nahm er eine kleine Straße ohne Autos und Häuser, nur Bäume auf beiden Seiten. Er hielt. Die akustische Untermalung leistete nur noch Radio Contact. Er nahm das Geld aus seiner Brieftasche und hielt es dem Mädchen hin, das ihn nicht mehr anzuschauen wagte. Er war der King, die anderen waren seine Diener. Er war wie ein hypermächtiger Raubvogel. Er ließ die Illegale machen. Als sie fertig war, stieg er aus und machte ihr die Tür auf. Er zerrte sie ins Freie und legte sie auf die Motorhaube. Sie traute sich nicht, ihn anzuschauen. Er legte ihr die Hand auf den Hals und drückte ein wenig, er zog sie ein wenig an den Haaren. Ihm schwirrte der Kopf. Er war der King. Er ließ das Mädchen stehen und stieg wieder ein. Die kleinen Lautsprecherboxen machten *wumm, wumm, wumm*. Es war der beste Abend seines Lebens.

Der King

Wenn der Besucher, wie vorgesehen, ein paar Tage unter der eisigen Hirnschale des Schüchternen geblieben wäre, hätte er mitnichten irgendwelchen erschütternden Ereignissen beigewohnt. Die neuen Strukturen hatten sich nachhaltig in den großen Massivbauten, die für die Ewigkeit geschaffen waren, eingenistet. Was noch vor kurzem die landschaftlichen Merkmale einer tristen Ebene gehabt hatte, war jetzt einer großen Metropole gewichen, gut organisiert, ordentlich sauber, von einer erdrückenden Mehrheit an Abschaum bewohnt, der es vollkommen egal war, daß ihre Überlebensbedingungen das Elend und den Tod der anderen Geschöpfe, die sich an die Ränder verzogen hatten, bedeuteten. Hätte den Besucher indes nur ein Zentigramm wissenschaftlichen Instinkts ausgezeichnet, wäre ihm klar gewesen, daß eine Gemeinschaft, die auf einer derart sumpfigen moralischen Grundlage gründete, früher oder später dem Zerfall geweiht war. Und daß dann kein Mensch etwas zu lachen hätte. Daß dieser Moment so etwas wie das Ende der Welt wäre. Die Apokalypse.

Folglich:

Als der Schüchterne erwachte, spürte er, daß sich etwas in seinem Leben gründlich verändert hatte.

Etwas, dessen Anfänge er seit einigen Tagen spüren konnte und das sich jetzt vollständig durchgesetzt hatte.

Etwas, dessen Offensichtlichkeit die gräuliche Morgendämmerung Brüssels erhellte: Er war nicht mehr SCHÜCHTERN.

Diese Dimension seiner Persönlichkeit war verschwunden, verdampft, *psssss*, ohne Spuren zu hinterlassen, hatte seiner neuen Identität Platz gemacht.

Er war der King. Er war das Zentrum eines Universums, das sich in konzentrischen Kreisen um ihn herum ausdehnte. Er war das A und O, er war die gesamte Regierungsriege, er war die verfassunggebende Versammlung, er war das auserwählte Volk, er entschied über die Zukunft der Welt, der Männer, der Mädchen und der Nutten.

Der King erhob sich in ausgezeichneter Stimmung und traf seine erste Entscheidung. Er würde den Ausnahmezustand, das Standrecht und die Ausgangssperre verhängen. Glücklich seine Verbündeten. Aber wehe seinen Feinden. Er düste sofort ins Pierrot-Croissant, die Schmolliese verrichtete ihre erbärmlichen Arbeiten, deckte gerade auf, was ihn zum Lachen reizte, ha ha ha, lachte der King. Bei ihr war ein großer Kerl, um die zwanzig, Typ Marketingstudent, der dabei war, systematisch die Orangensaftpresse zu putzen. Die Morgenluft war energiegeladen, er hatte den Eindruck, sein Gehirn sei an eine 6000-Volt-Steckdose angeschlossen. Er baute sich vor dem Mädchen auf und sagte zu ihr, ihre Arbeit wäre wirklich bescheuert, und dann noch: »Du hast eine bescheuerte Visage, aber einen schönen Arsch, wir sollten es echt mal miteinander treiben.« Der King wußte nicht, warum er das gesagt hatte, er hatte nicht einmal seine Stimme erkannt, aber er war nicht unzufrieden. Die Schmolliese hatte abrupt das Aufdecken unterbrochen und angefangen, ein ganz langes Gesicht zu ziehen, wie es der King noch nie gesehen hatte. Der Marketingstudent hatte von seiner Saftpresse aufgesehen und ihn erstaunt angeschaut. Die Schmolliese sagte: »Zieh Leine, ich will dich hier nicht mehr sehen, seit Monaten muß ich dich schon ertragen, jetzt hau gefälligst ab.« Der King, dem es nicht gefiel, daß er geduzt wurde, antwortete: »Der

Kunde ist König, ich gehe, wann ich will.« Der Marketingstudent war vor den Tresen gekommen und hatte sich dem King genähert, er sah aus wie jemand, der jeden Abend nach seinen Kursen Sport trieb, breite Schultern, kräftige Unterarme, er packte den King an der Schulter und schob ihn hinaus, er hatte Handflächen hart wie ein Frühstücksbrett. Die Schmolliese sah der Szene reglos zu, der King war super erregt, er hätte viel dafür gegeben, mit ihr allein zu sein. Der Marketingstudent schob ihn weiter, er wollte dem Mädchen imponieren, das sah man mit geschlossenen Augen. Der King sagte: »Ja, ja, zieh du nur deine Nummer ab«, und ging.

Der King …

Wieder zu Hause, zog er voller Wut seinen Flachbildfernseher, seinen DVD-Player und seinen Computer aus der Steckdose, packte alles in den Kofferraum seines Fiat Panda und düste zu Electro-Cash. Der Verkäufer bot ihm vierhundert Euro für alles zusammen. Der King hielt das für Betrug. Der Verkäufer sagte, ohne Rechnungen und ohne Garantien sei das ein guter Preis, und der King akzeptierte ihn. Er steckte die Scheine in seine Gesäßtasche und kehrte ins Pierrot-Croissant zurück. Das Lokal war voller Leute, das hatte er gehofft. Die Schmolliese wirkte sehr beschäftigt und sah ihn nicht sofort, der Marketingstudent war verschwunden. Er ging auf sie zu. Er war bis über beide Ohren verliebt, sagte sich der King. Sein Herz schlug, als wollte es »zerspringen« (dixit der King), wie »ein galoppierendes Pferd auf einem Blütenteppich« (dixit der King), und zog die Scheine aus der Tasche: »Ist das genug für eine Nutte oder willst du mehr?« Die Schmolliese zuckte zusammen, sah ihn mit Augen voller Tränen an und rief: »Fred, Fred. Er ist wieder da.« Der Marketingstudent tauchte von Gott weiß wo auf, raste auf den King zu und packte ihn am Kragen. Die Gäste waren alle verstummt. Alle sahen zu. Der King warf dem Mädchen die Scheine an den Kopf und sagte: »Hier, und erzähl ja nicht, du hättest dein Geld nicht bekommen.« Der Student schob ihn nach draußen, es war zu erkennen, daß er kurz überlegte, ob er zuschlagen sollte, aber schließlich sagte er: »Wenn du zurückkommst, zertrümmer ich dir den Schädel, ist das klar, ich zertrümmer dir den Schädel.« Der King düste direkt zu seinem Fiat, es war September, die Sommerferien waren zu Ende, ein feiner kalter Nieselregen ging auf Brüssel nieder, Tausende von Menschen waren schlecht gelaunt, darunter der King. Er fuhr bis zum Nordbahnhof, stellte sein Auto am Martiniturm ab, es war gerade mal zwei Uhr nachmittags, acht Stunden Wartezeit, bis die kleinen Nutten aus dem Osten ihre Nasen nach draußen streckten. Der King hatte mächtig Hunger, hatte seit gestern nichts gegessen, seine Brieftasche war vollkommen leer, er besaß noch dreißig Cent. Mister Cash sagte: »Bedaure, ungenügender Kontostand.« Bedaure, du Arsch, dachte der King. Er wußte nicht, was tun, wenn man Hunger hatte, kein Geld, keine Familie und keine Arbeit. Er würde sich die Zeit im City 2 vertreiben. Er ging in ein Quick, stellte sich in die Schlange und bestellte ein Giant Menü mit einer großen Portion Pommes und einer großen Cola zum Mitnehmen, der Angestellte packte alles in eine Papiertüte und sagte, das macht sieben Euro fünfzig. Der King sagte hyperentspannt: »Geben Sie mir noch einen Cheeseburger, aber ohne Gurken«, der Angestellte drehte sich um zur Küche, und der King rannte mit seiner Tüte los. Die Leute sahen ihn an, als wäre er verrückt, er hörte Schreie hinter sich. Er düste zum Ausgang des Einkaufszentrums, hinaus in die Rue Neuve, geradewegs bis zu seinem Auto. Er drehte sich um, niemand war ihm gefolgt. Er aß seinen Giant, seine Pommes, trank seine Cola, ging dann hinaus, um an den Martiniturm zu pinkeln. Er setzte sich wieder ins Auto, unter einem Sitz lag ein Packen Prospekte für Krefel und VandenBorre, er las und wartete auf die Nacht, döste ein wenig, träumte von Kaffeemaschinen, Waschmaschinen, Dampfkochtöpfen und wachte mit einem toten Geschmack im Mund auf, stellte fest, daß die Temperatur nachgelassen hatte, das Licht auch, die Uhr am Armaturenbrett zeigte 21.40 h. Der King lächelte, es war eine gute Zeit.

Es lebe der König

Er fuhr wieder in das düstere Sträßchen, wo er am Vortag das Mädchen aufgenommen hatte. Sie war nicht da, dafür aber zwei oder drei andere, die sehr jung und sehr verloren aussahen. Er hielt, lehnte sich hinüber, um die Beifahrertür für ein Mädchen zu öffnen, das sich neben ihn setzte. Sie sagte: »Hello.« Sie hatte eine Vogelstimme, wie das Zwitschern einer schüchternen Meise. Der King hatte keine Lust zu reden, er hatte nur Lust, in den Wald bei Soignes zurückzukehren. Sein Radio streikte, er konnte nur noch Radio Une empfangen, eine Debatte über die eingeschränkt geltenden sprachlichen Vorschriften in bestimmten Kommunen, es ging ganz schön laut zur Sache wegen der Formulare, die nie zweisprachig waren, die Stimmung war mies, der King spürte sehr wohl, daß sein erster Tag als Herrscher hätte besser verlaufen sollen. »Piep, piep, piep, piep, piep«, sagte das Mädchen. Sie wirkte weniger nervös als die vom Vortag, war aber ganz schön breit. Ihre Pupillen waren extrem geweitet, das ließ sie fast wie eine Tote aussehen. Schließlich kamen sie wieder zu derselben kleinen Straße ohne Autos, ohne Häuser, und der King hielt. Das Mädchen fing an sich auszuziehen, aber das war nicht das, was er wollte. Er wollte etwas, aber er wußte nicht was. Er stieg aus, es war dunkel, es war kalt, die Luftfeuchtigkeit durfte bei über achtzig Prozent liegen, es roch nach Erde und modrigem Laub. Das Mädchen gab ein fragendes »piep, piep, piep« von sich und stieg ihrerseits aus, wobei sie sich wieder anzog. Dem King war nach Weinen zumute, das Mädchen schmiegte sich an ihn, aber er stieß sie weg. Er fing an zu schreien: »WARUM IST IMMER ALLES SO BESCHISSEN, ICH HAB DIE SCHNAUZE VOLL, IMMER IST ALLES BESCHISSEN, WAS HAB ICH BLOSS GEMACHT, DAMIT DAS SO IST?« Das Mädchen machte »piep, piep, piep, piep, piep, piep«. Er trat näher, legte die Hände um ihren Hals, dieser war schlank wie ein Handgelenk, er spürte eine Ader, die in hohem Tempo schlug. Er hatte Lust, zuzudrücken, er wußte nicht, warum. Das Mädchen wurde rot, und er ließ los. Sie machte wieder wenig glücklich »PIEP, PIEP, PIEP, PIEP, PIEP«, blieb aber stehen. Der King fand sie herrlich, total high, aber herrlich. Dann fing er an zu weinen, kochendheiße Tränen, die aus einem Durchlauferhitzer zu kommen schienen, er heulte minutenlang vor dem Mädchen, am Rand dieser kalten Straße an der Ringautobahn von Brüssel, nervöse Schluchzer hoben seinen Brustkorb, ihm lief die Nase. Das Mädchen kam näher und nahm ihn in die Arme, sie roch nach Parfüm und Tabak, sie drückte ihn an sich und sagte dabei ganz sanft: »Piep, piep, piep, piep, piep.« Noch nie hatte ein Mensch das mit ihm gemacht. Er sagte sich, er würde das Mädchen retten, sie dort herausholen, sie würden zusammenleben, sie würden sich leidenschaftlich lieben, sie würden nach Italien reisen. Er sagte zu dem Mädchen: »Ich liebe dich, mein Schatz.« Das hatte er in seinem ganzen Leben noch zu keinem Menschen gesagt, die Schmolliese war nur mehr eine vage Erinnerung. Das zwitschernde Mädchen machte »piep, piep, Liebe, Liebe, ich liebe dich, Giscard d'Estaing, François Mitterand, vive la France.« Der King näherte sich ihr, er hatte Lust, sie auf den Mund zu küssen. Er hatte noch nie jemanden auf den Mund geküßt, nicht einmal Fabienne in London, aber das zwitschernde Mädchen drehte den Kopf weg. Der King nahm ihr Gesicht in beide Hände und versuchte noch einmal, sie zu küssen. Das Mädchen wehrte sich, preßte die Lippen fest aufeinander, der King spürte eine riesige rote Welle in seinem Kopf, er packte sie erneut am Hals, es tat ihm richtig gut, zuzudrücken, er spürte etwas, was total angenehm war, so als würden alle bösen Schwingungen seines Lebens auf das Mädchen übergehen, ihm schwirrte der Kopf. Dann, Gott weiß wie, holte das Mädchen eine kleine Spraydose aus seiner Tasche und *pssssss*! In die Augen des Kings. Er fiel zu Boden, er sah überhaupt nichts mehr, er bekam keine Luft mehr, er hörte, wie das Mädchen davonrannte. Er war eine gute Stunde lang schachmatt, bis er wieder aufstehen konnte, er war schlammbedeckt, er hatte sich im Fallen die Hand aufgerissen, ihm war eiskalt. Er wußte überhaupt nicht, was tun, das war ihm noch nie passiert, daß er so rein gar nicht wußte, was tun, er konnte nur geradeaus laufen, etwas anderes fiel ihm nicht ein, die kommenden Tage kamen ihm wie »ein Packen schöner Scheiße« vor (dixit der King). Es war stockdunkel, von dem schlafenden Brüssel drangen nasse Geräusche an sein Ohr.

Die Küchenschabe

Die ganze Liebe dieser Welt

Sie betrachtete ihn, während er schlief. Es ist etwas Schönes, dachte sie, zu sehen, wie derjenige, den man liebt, schläft. Wenn er so schlief, waren alle seine Gesichtszüge entspannt, wie Hunderte kleiner Gürtel, die man um ein Loch gelockert hatte, damit man sich wohler fühlte, er bekam dadurch fast ein anderes Gesicht. Er ähnelte mehr dem Kind, das er gewesen war und das sie in Familienalben gesehen hatte. Er sah immer noch so gut aus wie damals, wirkte aber sanftmütiger. Sehen alle Menschen sanftmütiger aus, wenn sie schlafen, sah Hitler sanftmütiger aus, wenn er schlief? Sie wunderte sich über einen solchen Gedanken. Es gab überhaupt keinen Grund, an Hitler zu denken, wenn man ihren Mann betrachtete. Ihr Mann war der freundlichste Mensch, den sie je kennengelernt hatte. Wohl hatten sie sich in den drei Jahren, die sie sich kannten, ein paar Mal gestritten, als er wegen der Zusammenarbeit mit der Wartungsfirma nervös wurde, als sie die Hochzeit vorbereitet hatten, als sie den Typen wiedersah, der sie zu einer bestimmten Zeit umschwärmt hatte … Aber es war nie gemein zugegangen. Er hatte einmal zu ihr gesagt: »Jetzt hör auf, du nervst!« Und sie hatte aufgehört. Er hatte einmal zu ihr gesagt: »Wie kann man nur so dickköpfig sein«, und sie hatte nicht weiter insistiert. So war es, sie liebte ihn, sie liebte sein Gesicht, seine korrekte, fast militärische Seite, sie liebte seine Art, die Dinge in die Hand zu nehmen, wie ein Angestellter, der sich in eine Sitzung der Geschäftsführung einmischte. Er sagte: »Für die Flitterwochen haben wir im Prinzip zwei Möglichkeiten, Afrika oder Asien.« Er sagte: »Ich persönlich ziehe Asien vor, das ist zwar etwas teurer, aber alles ist besser organisiert.« Er sagte: »Die touristische Infrastruktur Indiens hat sich in letzter Zeit deutlich gebessert. Dort gibt es organisierte Reisen, Paläste, große Städte, Tempel ...« Sie antwortete, »ja, ja, ja«, und betrachtete das bläuliche Relief einer Ader an der Schläfe ihres Mannes. Sie fragte sich, wohin das ganze Blut ging, in welchen Teil der Hirnrinde, welche Art von Maschine es in Gang setzte, ob es spezielle Erinnerungszellen mit Nährstoffen versorgte. Als er sie das erste Mal umarmt hatte, als sie sich das erste Mal geliebt hatten, hatte er sie gefragt, ob sie Präservative da habe, und auf ihre verneinende Antwort hin hatte er es vorgezogen, nach draußen zu gehen, um eine Apotheke zu suchen, die Notdienst hatte. Das hatte ihrer Lust eine seltsame Note verliehen, eine medizinische, sie hatte das Gefühl gehabt, mehr auf einen Arzt zu warten als auf einen Liebhaber, als würde sie eher Pillen bekommen als Liebe. Das hatte sie ein wenig trocknen lassen. Sie hatte auf ihn gewartet und unterdessen die Übertragung einer Sendung der *Thalassa* gesehen, die sich dem Treiben der Eisberge im Nordatlantik widmete. Sie hatte sich dabei etwas unwohl gefühlt, sie hatte an ihre eigene Sexualität denken müssen, hatte sie schon einmal einen Orgasmus gehabt? Sie glaubte ja, mit diesem Grafikdozenten. Hatte sie schon einmal einen Mann dazu gebracht, seinen Spaß zu haben, wirklich seinen Spaß? Schwer zu sagen, vielleicht als sie sich darauf eingelassen hatte, bestimmte Sachen mit ebendiesem Grafikdozenten zu machen, er hatte den Eindruck vermittelt, es zu mögen. An all das dachte sie, als er mit den Präservativen zurückkam. Sie gingen ins Schlafzimmer, er zog sie auf die klassische Art aus, indem er oben anfing und sie bei jeder Etappe küßte. Dann zog er sich selbst aus. Er schmiegte sich an sie, sie genoß den Körperkontakt mit ihm sehr, er war ziemlich heiß und ziemlich hart, sie hatte die Augen geschlossen, während er die Verpackung des Präservativs aufriß und dieses sorgfältig überstreifte. Sie hatte dabei Bilder von Eisbergen gesehen, die im Meer trieben, dessen Temperatur drei Grad Celsius nicht überstieg, und sie hatte das schmutzigweiße Licht des Himmels über dem 13. Breitengrad gesehen. Das hatte alles verdorben. Dann war ihre Beziehung normal geworden, alle Teile hatten auf natürliche und selbstverständliche Art ihren Platz eingenommen, und sie besah sich das Ganze von weitem, etwas erstaunt, als handelte es sich um eine Weltraum-Legolandschaft aus Plastik. Es gab keine Probleme, sie hatte ihn bei einem Geburtstagsessen, das sie in ihrer Wohnung gaben, ihren Eltern vorgestellt. Er war perfekt gewesen, ein wenig zu ernst, aber perfekt. Dann war sie an der Reihe gewesen und hatte seine Eltern kennengelernt. Sein Vater war ein alter, kranker Organismus, gekleidet in ein Hemd mit zweifelhaften Flecken, seine Mutter hatte sie mit der Aufmerksamkeit einer Biologin beobachtet, die gerade das Entstehen eines Krebsgeschwürs auf der Leber einer Laborratte entdeckte. Während der ganzen Mahlzeit hatte sie Lust gehabt, so schnell wie möglich zu verschwinden. Sie war die ganze Zeit über davon überzeugt gewesen, daß sie es nicht eine Minute länger aushalten würde, daß sie ohnmächtig werden, losschreien oder jemanden umbringen würde. Sie wußte nicht, warum. Er hatte nichts bemerkt, wider Erwarten hatte sie sich tapfer geschlagen, sein Nacken schmerzte, sie waren nach Hause zurückgekehrt. Seltsamerweise hatte sie den Wunsch gehabt zu sterben, sie hatte ihn beobachtet, wie er sich die Zähne putzte, sie hatte gehört, wie er zur Toilette ging, er war zu ihr ins Bett gekommen, hatte sich ihr genähert, er roch nach Fleisch und Menthol, er hatte ihr die Brust gestreichelt, sie hatte es über sich ergehen lassen, und die Eisberge des Nordatlantiks waren unter einem bleiernen Himmel wieder aufgetaucht.

Menschen, die sich lieben

Sie liebte ihn, sie war davon überzeugt, daß sie ihn liebte. Sie hatten sich im übrigen häufig gesagt, daß sie sich liebten. Er sagte es zu ihr, sie sagte es zu ihm, das genügte. Sie betrachtete ihn weiterhin, das Flugzeug begann seinen Sinkflug und durchstieß leise die dicke Wolkenschicht. Er öffnete die Augen. Sie war der Meinung, er habe die Augen einer Ratte. Die Augen einer fiesen Ratte.

»Wir sind gleich da«, sagte sie.

Er sah durch das kleine runde Fenster. Es war Nacht. Es war unmöglich, die Flughöhe der Maschine abzuschätzen. Auf einem großen schwarzen Teppich unten am Boden befanden sich zig kleine gelbliche Lichter, die vorbeizogen wie Plankton, das von einer warmen Strömung erfaßt und mitgenommen wurde. Von oben betrachtet, konnte die indische Landschaft ebensogut Holland sein. Er rieb sich die Augen und sah auf die Uhr.

»Für uns ist es sieben Uhr morgens.«

Sie fühlte sich nicht müde, sie war in Form, sie hatte Lust auf Sex, sie hatte einmal einen Film gesehen, in dem sich ein Paar in der Toilette eines Flugzeugs liebte. Die Vorstellung, andere Leute befänden sich vermutlich in unmittelbarer Nähe hinter einer nur wenige Millimeter dicken Trennwand, das Flugzeug wäre mit 800 Stundenkilometern unterwegs und bewegte sich in über neuntausend Metern Höhe, hatte sie merkwürdig berührt und erregt. Er stand auf, um zur Toilette zu gehen, sie verspürte den dringenden Wunsch, er möge ihr etwas vorschlagen. Sie spürte, wie sich in ihrem Innern etwas ausdehnte. Er schlug ihr nichts vor. Sie sah die Lichter draußen vorbeiziehen, sie überlegte, daß sie ihn liebte, sie überlegte, daß er die Augen einer fiesen Ratte hatte, sie überlegte, daß ein anderer Mann ihr vielleicht etwas in der Toilette vorgeschlagen hätte. Sie überlegte, daß sie in Indien war, in Bombay, mitten in der Nacht, die romantische Situation schlechthin. Sie überlegte, daß sie in ein paar Stunden miteinander schlafen würden. Ohne Präservativ. Daß er mit seinem ganzen Gewicht auf ihr liegen würde, daß er unter den Armen den strengen Geruch eines Menschen verströmen würde, der eine Reise hinter sich hatte, daß seine Hände rote Flecken auf ihrer Haut hinterlassen würden, daß seine Haare in Unordnung wären, daß sie schreien würde, daß er schreien würde, daß es ihr wie ein Loch in der Wirklichkeit vorkäme und nichts anderes mehr existierte, daß sie: »Ich liebe dich« zu ihm sagen würde, daß er sie beißen würde, daß sie ihn beißen würde, daß sie an die Matratze gefesselt wäre, daß er sie so fest an sich drücken würde, daß ihr die Knochen weh täten, daß sie einen Moment das Bewußtsein verlieren würde, daß sie in Armen aufwachen würde, die so hart wären wie die Sprossen eines Stuhls, daß sie nicht sofort gehen könnte, daß sie auf ihn spukken würde, daß sie ihm sagen würde, er solle seine fiesen Rattenaugen schließen, daß sie ihn dort krepieren lassen würde, daß man ihn nicht beerdigen, sondern am Gangesufer verbrennen würde, daß sie vorgeben würde zu weinen und daß die Trauer sie hübscher als eine mandschurische Prinzessin erscheinen lassen würde. Er kam von der Toilette zurück und setzte sich neben sie. Das Signal *fasten seat belt* leuchtete auf. Er legte den Gurt an.

Der moderne Romantismus

Sie stiegen in einen Minibus, der in den Farben des Reiseveranstalters gehalten war. Während sie von einer jungen Inderin in einem akademischen Französisch willkommen geheißen wurden, betrachtete sie die Paare, die sie begleiteten. Ausschließlich Paare zwischen dreißig und vierzig. Sie überlegte, wenn man jünger war, machte man das Ganze ohne Organisation, man kaufte sich ein Flugticket, man landete in Bombay, man landete in einer Nacht, so heiß und feucht wie die Stirn eines Henkers im Mittelalter, und suchte sich ein Hotel. Man kam für ein paar Rupien in einem alten versifften Schlafsaal unter, wo ein ganzes Arsenal an Touristen schnarchte, auch sie blank, auch sie jung, auch sie in kleinen Liebespärchen zusammengedrängt, für die diese klebrigen Stunden einmal schönere Erinnerungen darstellen würden als zentralafrikanische Smaragde.

Ihr Mann trocknete sich die Stirn. Sie liebte ihn, die Liebe, die sie ihm entgegenbrachte, war eine Fackel, die ihr Leben erhellte. Er stellte den Ventilator an der Deckenleuchte an.

»Hast du gesehen? Das ist irre!« sagte er und zeigte auf einen Ochsen, der einen Karren zog, auf dem sich verrostete Metallstücke stapelten. »Eine echte Zeitreise, was?«

Sie pflichtete ihm bei. Die Straßen waren breit und verströmten einen angenehmen Geruch nach Zucker, Gewürzen, Schweiß und Abgasen. In den Winkeln einiger schmaler Gassen erblickte sie halbnackte Gestalten, braun und hager. Körper, die aussahen, als wären sie beim Kontakt mit dem Leben hart geworden. Sie fragte sich, wie es sich anfühlen mochte, einen solchen Körper zu berühren, er mußte sich anfühlen wie ein Sack voller Kleinholz. Wie konnte es sein, mit einem völlig abgemagerten Inder Sex zu haben, war er nett? Sie sagte sich, daß dies vielleicht in den Bereich der Sodomie fiel, daß es vielleicht so ähnlich war, als hätte man Sex mit einer Katze, daß er einen am Hals packen, einem Krallen scharf wie Opinel-Klingen in die Hüften rammen, mit einem Geschlechtsteil, das kaum sanfter war als eine Rolle Sandpapier, in einen eindringen würde. Sie sagte sich, daß sich solche Vorfälle zu Dutzenden ereigneten, jetzt im Moment, in den Ecken dieser düsteren Straßen mit ihrem Geruch nach Pfeffer und Tod, daß die Mädchen nichts zu sagen hatten, daß man es mit ihnen auf einem Müllhaufen trieb, unter den Blicken gleichgültiger nackter Kinder. Daß man sie dort zurückließ, mit klebrigem Rücken, brennender Haut, sie nur noch ihre Fetzen zusammensuchen, sie auf die Schnelle überstreifen und in ihren kleinen Verschlag aus Blech und Brettern zurückkehren konnten, wo sie weinten, während sie sich vor einer Schüssel mit lauwarmem Wasser wuschen, die Straße durch ein Loch in der Wand betrachteten, sich das ganze feindliche Leben vorstellten, das sich ähnlich wie Schimmel ausbreiten und auf sie warten würde, wenn sie wie Ziegen, die man zum Schlachthof führte, hinabstiegen, um sich eben dort schlachten zu lassen, auch diesmal, ohne daß sie etwas zu sagen hatten.

Jeden Tag ein wenig mehr

Das Hotel war ein großes modernes Gebäude, das in einer Art neutralen Gegend etwas westlich von der übrigen Stadt lag. Die junge Inderin, die sie willkommen geheißen hatte, erklärte ihnen mechanisch zwei oder drei praktische Dinge, die sie sich nicht anhörte. Anschließend ging die ganze Gruppe nach unten, jeder kommentierte die Örtlichkeiten, manche verteilten bereits Trinkgelder an die Hotelboys, die sich ihrer Koffer annahmen, die Männer gingen systematisch auf die Rezeption zu, erhielten und packten so sorgfältig, als handelte es sich um den Code für Nuklearwaffen, das *Allgemeine Informationsmaterial* in die Außentasche ihrer Koffer, gingen anschließend auf ihre Zimmer, wo sie begeistert feststellten, daß sie fünftausend Kilometer zurückgelegt hatten, um Kabelfernsehen, eine Minibar und ein Badezimmer mit Universalsteckdosen für elektrische Rasierapparate vorzufinden.

Ihr Mann setzte sich aufs Bett, stieß den Seufzer eines müden Reisenden aus, der von einem langen Aufenthalt in den Tropen zurückgekehrt war, welcher ihn an die Grenzen seiner Belastbarkeit geführt hatte.

»Ich bin erledigt. Ich gehe jetzt unter die Dusche, dann schlafe ich ein paar Stunden.«

Während er sich entkleidete, öffnete sie den Koffer und nahm seinen Toilettenbeutel heraus.

»Bin gleich wieder da«, sagte er und ging ins Badezimmer.

Sie schaltete den Fernseher ein, ein Inder kommentierte mit

ernstem Gesicht Überschwemmungen, die in einer Region, halb so groß wie Europa, Bauerndörfer zerstört hatten. Es wurden Bilder gezeigt von Kühen, deren Rümpfe vom Wasser aufgebläht waren, die langsam durchs Wasser trieben, Kinder, deren Gesichter in einem entsetzten und erstaunten Blick über den Streich, den ihnen das Leben gerade gespielt hatte, erstarrt waren, eingestürzte Elendsquartiere und Rettungsmannschaften, die von den Ereignissen komplett überfordert waren.

Ein markerschütternder Schrei, der aus dem Badezimmer kam, ließ sie zusammenfahren. Ihr Mann, vollkommen nackt, kam rückwärts heraus. Sie hatte den Eindruck, auf seinem Gesicht die Totenmaske zu sehen.

»Da ist … Da ist …« stammelte er.

Sie erhob sich.

»Da ist … Da ist …« Er betrachtete Decke und Wände, als würden sie eine Gefahr darstellen, und kam zu ihr aufs Bett. Unter dem Eindruck der Angst schien er geschrumpft zu sein. Er hatte den knochigen Körper eines großen Kamels, lange, bleiche Beine mit kantigen Knien, ein gerades Becken, einen etwas gewölbten Bauch, die Knorpel des Brustbeins bildeten unter der Haut schwache geometrische Motive. Schließlich war da noch – und sie sah es kurz an, empfand bei seinem Anblick das gleiche Ekelgefühl und Unverständnis wie vor dem weißlichen Kadaver der Larve einer bis dato unbekannten Insektenart – das Geschlecht ihres Mannes, so winzig klein, daß es fast schon in den Bereich der Außergewöhnlichkeiten fiel.

»Da ist … Da ist …«

Die Glut der Liebe

Sie stand auf und ging Richtung Badezimmer.

»Vorsicht … ich rufe die Rezeption an …«

Sie hörte, wie ihr Mann den Hörer abnahm. In einer Ecke der Dusche, an die gewölbten Kacheln gedrückt, bewegte ein schwarzes Insekt von der Größe einer dicken Traube seine Antennen in einer Art Todeskampf. Sie ging zurück in ihr Zimmer.

»Das ist nichts Schlimmes … Ich glaube nicht, daß es …« versuchte sie zu sagen. Aber ihr Mann war von einem Gespräch auf Englisch vollkommen absorbiert.

»There is a scorpion in the shower. It's incredible. What kind of hotel are you? I want another room. No! This is not my problem. I want another room NOW …«

Sie sagte noch einmal: »Hör auf, das muß nicht sein. Es ist nur eine …«

»Halt die Klappe!« Er schrie. »Halt die Klappe! Ich bin am Telefon. Listen to me. I give you one hour. ONE HOUR!«

Fluchend legte er auf.

»Scheiße! Scheiße! Was für ein Affenland! Scheiße aber auch! Ich habe bezahlt! Ich bin der Gast! Diese Spatzen! Tun so, als würden sie nix verstehen. Wollen mich wohl verarschen …«

Er war immer noch nackt, er war immer noch weiß, immer noch hager wie ein altes Kamel. Er war laut, sie hatte den Wunsch nach Ruhe, sie wollte schlafen, sie mochte das Zimmer, es verströmte den Moschusduft des Zimmers aus *Prickelnder Zauber Istanbuls*. Sie hatte den Wunsch, im Fernsehen die betroffenen Gesichter der kleinen Inder zu sehen, während sie darauf wartete, daß einer der Katzenmänner in der Straße an der Hotelfassade hochkletterte und das Fenster eindrückte. Daß er sie mit Küssen heiß wie Phosphorblitze bedeckte, daß er ihr die Kleider auszog, daß er sie verbrannte, daß er ihr sagte, jetzt würde sich alles ändern. Mit diesem knochigen und harten Mann auf sich würde sie das Gefühl haben, unter einer Leiter zu liegen. Nachdem sie zu dem langsamen Rhythmus traditioneller Musik aus der Region Kerala sieben Stunden am Stück Verkehr gehabt hatten, würde er sie mit nach Hause nehmen und sie allen seinen Brüdern und allen seinen Freunden anbieten wie ein niederes Tier, und alle, alle würden ihr in der Erstsprache vom Tal des Indus »Ich liebe dich, mein Schatz« entgegenschleudern, und in dieser Sprache wären »Ich liebe dich« und »mein Schatz« wie Wellen aus lauwarmem Wasser, die ihr das Gesicht liebkosten und zartrosa Spuren hinterließen.

»Verfluchte Bande Geistesgestörter! Wir hätten in Europa bleiben sollen. In Italien. Scheiße!«

Die Worte ihres Mannes waren wie Lichtbögen in ihrem Kopf. Es tat ihr weh, wirklich weh, körperlich weh, es trieb ihr die Tränen in die Augen, so konnte es nicht weitergehen, daß sie die Neuronen wie Popcorn einzeln platzen hörte. Sie stand auf und warf einen Blick auf ihren Mann, der im Koffer nach einem seiner kurzärmeligen Hemden suchte. Er wirkte winzig klein, was für ein »Dreikäsehoch«, dachte sie. Sie verspürte den Wunsch, ihn mit dem Absatz zu zerquetschen, bis es knackte. Plopp! Sie wollte, daß es hinterher vorbei wäre und daß es hinterher ebenso ruhig wäre wie in einer Nußschale, die vor Tagesanbruch auf einer großen Wiese ins Gras gefallen war.

Zu geben verstehen

»Ich gehe.«

Sie machte die Tür auf, ohne sich zu fragen, ob ihr Mann sie überhaupt gehört hatte. Sie lief durch den Gang, die Treppe hinunter in die Halle, ein Mann in Livree lächelte ihr zu, sie erwiderte sein Lächeln, man öffnete ihr die Tür zum Entrée, die Hitze und die Feuchtigkeit hefteten sich an sie. Sie seufzte, sie hatte Lust zu laufen, sie wollte dahin, wo viele Menschen waren, wo Gerüche waren und Gerümpel, Katzenmänner und kiloweise sexuelle Lust. Ihr Körper war eine große Blume, es war wie der Frühling. Bunte Blütenblätter öffneten sich dem Himmel, um Luftströme voller Geschlechtsdrüsen einzufangen. An den Füßen hatte sie immer noch ihre leichten Reiseschuhe, durch die sie die Kanten sämtlicher Steine spürte, sie trug immer noch ihre Leinenhose und ihre pfirsichfarbene Hemdbluse, deren zwei oberste Knöpfe sie aufmachte. Sie stellte sich vor, daß ihre Brüste jetzt ein wenig zu sehen waren. Sie bückte sich, um es zu überprüfen, man konnte sie tatsächlich ein wenig sehen. Sie war zufrieden. Die Menschen um sie herum wurden immer mehr, eine schwarzglatte Menge wie die Oberfläche eines Bergsees mitten in der Nacht. Leute sahen sie an. Sie lächelte ihnen zu, es amüsierte sie, an ihren Mann zu denken und diesen Gedanken jedes Mal wie eine Seifenblase platzen zu lassen, die niemanden interessierte. Er dürfte sie jetzt suchen, plop! Egal. Er dürfte jetzt vor einem stoischen Empfangschef einen Aufstand machen, plop! Egal. Sie liebte ihn, er hatte die Augen einer fiesen Ratte, plop! Egal.

Kleine Kinder, Brüder oder Cousins derer, deren Leben sich jenseits der Berge verlor, kamen auf sie zu und hielten ihr die Hand hin. Sie kramte in ihren Taschen und zog ein paar Euros heraus, die sie anstarrten wie Venusartefakte.

Ihr Körper war eine große Blume. Es war wie der Frühling, sie konnte energetische Luftströme spüren, die durch sie hindurchgingen. Sie hatte Lust, von einem Katzenmann Babys gemacht zu bekommen, sie würde ein Dutzend auf einmal austragen, diese würden miauend zur Welt kommen und mit geschlossenen Augen tapsend nach ihr suchen, auf dem großen Bett, das mit kochfester Seidenwäsche bezogen war. Sie würde wie eine Königin über sie herrschen, sie wäre die weiße Göttin der Fruchtbarkeit, man würde mitten im Dschungel eine Statue von ihr aufstellen, auf der die Eidechsen und Affen spielten, sie würde denen Glück bringen, die ihre Brüste und ihren Bauch aus Stein berührten. Auf Radierungen würde sie abgebildet, wie sie gerade erblühte, eine Menge Männer würden ihre knochigen Arme nach ihr ausstrecken, das Gesicht entstellt vom Schmerz einer Lust, die ihnen den Magen mit der Heftigkeit eines Tropenfiebers umdrehte.

Das Es, das Ich, das Über-Ich

»Miß! Miß!« Eine Stimme rief nach ihr. Sie drehte sich um, es war einer der Portiers aus dem Hotel, außer Atem. Er versuchte, englisch zu sprechen.

»Your husband is searching you everywhere.«

Sie zuckte mit den Schultern, sie wußte genau, daß irgendwo jemand nach ihr suchte, fiese Rattenaugen in alle Richtungen schweifen ließ. Na und? Was konnte sie dafür, daß sie gesucht wurde. Ihr Körper war eine Blume, er war wie der Frühling. Männer würden sie an sich drücken, sie würde sich an ihnen reiben, bis die Oberhaut riß.

»Please! Please! Come with me«, sagte der Portier. Er faßte sie am Arm, er sah sie an mit Augen, auf deren Grund eine unendliche Traurigkeit zu lesen stand, die ihr das Herz durchbohrte. Seine Hand auf ihrem Arm war hart und sanft zugleich, die Art von Hand, die fähig war, sie weit über das hinaus mitzunehmen, was sie sich immer erhofft hatte, in das am weitesten abgelegene Zimmer im Haus der Träume. Er war klein und fett, er war wie eine Olive, ebenso glatt und wohlriechend.

»Please!« sagte er noch einmal. Die Traurigkeit des Portiers glitt unter ihre Haut und errichtete eine Art Isolierwand zwischen ihr und der Realität. Sie würde ihm folgen. Sie würde ihm bis zum Ende folgen, bis in den Dschungel, in dem ihre Statue stand. Sie würde die Tür des Hotels nicht sehen, sie würde das Gesicht ihres Mannes nicht sehen, der an der Rezeption stand und auf sie wartete, sie würde seine auf sie gerichteten fiesen

Rattenaugen, zwei Strahlen klebrigen Lichts, nicht sehen. Sie war im Dschungel, sie würde für immer dem kleinen Portier gehören, sie würde die Stimme ihres Mannes nicht hören, der sagte: »Bist du total verrückt geworden oder was? Da draußen ist es gefährlich!«

Sie würde diese Nacht nach unten gehen, sie würde zu diesem Portier gehen, und wenn sie ihn in dieser Nacht nicht fände, würde sie in der nächsten Nacht nach unten gehen, und wenn sie ihn dann nicht fände, ein weiteres Mal, sie würde ihr Leben lang nach ihm suchen, dabei von seinen traurigen Augen träumen, von der autoritären Sanftmut seiner Hände. Und wenn ihr Traum sie völlig aufgezehrt hätte, würde sie nichts mehr wahrnehmen. Und von da an wäre ihr Leben wie Honig.

Inhaltsverzeichnis